AF188798

Feuer, Blut & Kreuz

Andreas Born

Feuer, Blut & Kreuz

Von Eichen und Eulen

Bibliografische Information der Deutschen Nationalbibliothek:
Die Deutsche Nationalbibliothek verzeichnet diese Publikation in der Deutschen Nationalbibliografie; detaillierte bibliografische Daten sind im Internet über http://dnb.dnb.de abrufbar.

© *2018 Andreas Born*

Illustration: **Andreas Born**

Herstellung und Verlag: BoD — Books on Demand, Norderstedt

*ISBN:*9783748180432

Inhaltsverzeichnis

Vorwort

Als erstes und wohl mit am wichtigsten ist es, zu erwähnen, das dieses Werk kein Tatsachenroman oder auch Dokumentation ist. Somit sind bis auf die historisch belegbaren Figuren, alle frei erfunden. Aber auch der Werdegang und die Abhandlung von Ereignissen spiegeln nicht die realen Abläufe wieder.

Über vieles liegt der Nebel der Vergangenheit und lässt uns nur hier und da einmal sehen, was passiert ist. Das meiste liegt im Bereich der Spekulationen und Fiktionen.

Die meisten denken ja, das der Anfang am schwierigsten ist. Falsch.

Zumindest in meinem Fall, waren es hier und da Situationen mitten drin. Aber das ist wohl bei jedem anders.

Ich, für mich kann sagen, das es ein fantastisches Erlebnis war, das ich von der ersten bis zur letzten Seite genossen habe.

Ebenso dankbar bin ich für den Zuspruch und die Unterstützung meiner Familie, sowie vielen Bekannten.

Ein Dank geht auch an Familie Wolf, die mit Leseproben und Einschätzungen eine hilfreiche und wichtige Rolle gespielt hat.

Aber auch die Erinnerung an Menschen, die meinen Weg gekreuzt haben und so mancher ich in den Charakteren, wiederfinden, hat sehr geholfen.

Danke!

Prolog

Müde blickten die Augen des alten Mannes auf das Meer hinaus.

Er sah die Küste, die er vor so vielen Jahren erstmals betreten hatte. Die flachen, mit Gras bewachsenen Ufer lagen ruhig in seinem Blickfeld. Dieser Friede, der hier zu spüren war, hatte ihn von Anfang an fasziniert. Es war diese Ruhe, die ihn direkt in ihren Bann gezogen hatte. Durch die vorgelagerten Inseln war das Meer hier ruhig. Alles in allem war es für ihn das Paradies gewesen, was er am Ende seines Lebens erreichen durfte.

Henry St. Claire wusste, dass seine Zeit gekommen war. Vor seinem geistigen Auge blickten ihn die Gesichter alter Wegbegleiter an. Da war sein Gönner und Mentor, sein bester Freund sowie auch ein Freund, den er hier kennen- und schätzen gelernt hatte. Da waren auch seine Eltern. Sie lächelten ihm ebenfalls zu.

Sie alle hatten einschneidende Ereignisse seines Lebens begleitet. Er freute sich, den ein oder anderen in Kürze wiederzusehen.

Die Gesichter lächelten ihm aufrichtig zu und verschwanden alsdann wieder im Nebel der Zeit.

Henry lehnte sich zurück. Sie hatten ihm auf seinen Wunsch hin einen Platz an der Küste hergerichtet. Er atmete noch einmal ein. Die Luft roch nach den Pflanzen und Bäumen des Ufers und der salzige Geschmack des Meeres, das herüberwehte, lag auf Henrys Lippen.

Hier konnte er noch einmal die Insel sehen. Die Insel, die ihm die Reise seines Lebens beschert hatte. Sie würde hier enden, das wusste er. Die Reise, die in einem kleinen Dorf in Frankreich angefangen hatte, hatte ihn hierhin geführt.. Rückblickend bereute er keinen einzigen Schritt den er getan hatte. Seinem Vertrauten hatte er seinen letzten Wunsch übergeben. Er wollte in seiner Heimat, Schottland, die letzte Ruhe finden.

Er schaute noch einmal auf die Insel, die langsam im Dunkel verschwand.

Beruhigt das alle Geheimnisse der Templer gesichert waren, konnte er seine letzte Reise antreten.

„Non nobis domine non nobis sed nomini tuo gloriam", flüsterte er in letztes Mal.

Henry St. Claire verließ diese Welt. Doch er hinterließ ihr auch etwas.

Eine neue Welt.

Kapitel 1 – Ankunft

Tief atmete Dr. Michael Shane die frische Luft ein, als er aus der Tür des Flugzeuges trat. Nach fast zehn Stunden Flug war er endlich in Spanien gelandet. Michael vernahm den metallischen Klang als er seinen Fuß auf den Boden der Gangway stellte.

Da er keinen Direktflug bekam, musste er in Madrid zwischenlanden. Aber dort ging es ohne großen Aufenthalt direkt weiter. Nun war an seinem Ziel angekommen.

Der Flughafen von Saragossa lag vor ihm und bot ein beeindruckendes Bild. Die Gebäude sahen im Licht der aufgehenden Morgensonne wie gemalt aus und warfen lange Schatten. Noch lag der Flughafen ruhig und verschlafen vor ihm. In Kürze würde hier die gewohnte Hektik des Alltags losbrechen. Michael genoss die Ruhe und füllte erneut seine Lungen mit der kühlen und frischen Morgenluft. Aufgrund der Klimaanlage im Flugzeug hatte Michael einen dünnen Pullover getragen, den er jetzt wegen der sehr angenehmen Temperaturen auszog.

Da Michael begeistert Sport trieb, machte er auch in T Shirt und Jeans eine gute Figur. Auch dank dieser Eigenschaften sah man ihm kaum an, dass er die 40 schon längst überschritten hatte.

Michael war Single, was ihm kaum einer glaubte. Er war 1,85 Meter groß und hatte halblange, schwarze Haare. Seine grünen Augen strahlten ein andauerndes Lachen. Mit seiner ruhigen, tiefen Stimme hatte er schon so manche Sympathien für sich gewonnen. Michael Shane war Dozent am Pomona College in Claremont, Kalifornien. Er unterrichtete Geschichte mit dem Fokus auf die Entstehung der Gesellschaften und religiösen Vereinigungen. Mit seiner ruhigen und besonnenen Art hatte er schnell Anklang bei seinen Studenten finden können. Sie zogen ihn gerne damit auf, dass er nicht so aussähe, wie sich man sich im Allgemeinen einen Geschichtsdozenten vorstelle.

„Gehen Sie bitte weiter, Sir." Eine Stewardess lächelte ihn an.

Michael lächelte zurück, nickte und stieg die Gangway hinunter.

Er stieg in den wartenden Bus, der die Reisenden zum Terminal bringen sollte.

Zwei Stunden später saß Michael in einem Mietwagen, den er aus dem Norden von

Saragossa hinauslenkte. Auf dem Beifahrersitz lag eine Tüte mit zwei Croissants und im Becherhalter stand ein Pappbecher mit heißem Cappuccino, dem ein süßlicher Dampf entstieg.

Frühstück der Champions. Michael grinste. Er hatte sich heute etwas Extravagantes gegönnt. So hatte er einen schwarzen 5er BMW durch den langsam einsetzenden Trubel des Flughafens hinaus auf die Autobahn gefahren. Michael genoss die Vorzüge des vornehmen Autos. In Amerika fuhr er einen alten Dodge, der auch ein Grund der Spitzfindigkeiten seiner Studenten darbot. Viel verband ihn mit diesem alten Wagen. Er besaß ihn schon eine sehr lange Zeit und irgendwie war ihm das Auto ans Herz gewachsen. Er wollte sich einfach nicht von diesem Wegbegleiter trennen. Zwar hatte Michael andere Prioritäten, aber in solchen Momenten wie heute konnte er sich selbst gegenüber auch mal etwas mehr gönnerhaft auftreten.

Er wollte so schnell wie möglich an sein Ziel und seine wertvolle Zeit nicht in einer Großstadt vergeuden. Zugegeben, Madrid wäre aus geschichtlicher Sicht auch nicht uninteressant gewesen. Allerdings war die Reiseroute schon festgelegt.

Michael dachte über die Art und Weise nach, wie er auf diese Reise geführt wurde.

Insgeheim fragte er sich immer noch, was ihn geritten hatte, tatsächlich diesen Weg zu gehen.

Kastilien gefiel ihm. Die auf der zentralen Hochebene Spaniens gelegene Landschaft verdankte ihren Namen dem mittelalterlichen Königreich.

Das Klingeln seines Handys riss ihn aus seinen Gedanken.

„Bin im Urlaub", grummelte Michael ins Telefon.

„Ich wollte doch nur hören, ob du gut angekommen bist."

Man konnte einen schmollenden Unterton in der Stimme des Anrufers hören.

„Ach, verzeih' ...", stotterte Michael.

Es war Heather. Sie war ebenfalls eine Dozentin in Pomona. Sie und Michael kannten sich schon seit vielen Jahren und es hatte sich eine enge Freundschaft entwickelt, in der beide Wert darauf legten, dass diese nicht zu eng wurde.

„Heather, ... sorry ... äh ... ich wollte nicht ...", Michael versuchte irgendwie die Kurve zu bekommen.

„Jaja, schon gut", warf Heather ein, „anders kenn ich dich ja nicht", sie lachte. Michael musste grinsen. So war Heather eben. Sie konnte nicht lange sauer sein.

„Komm schon, ich bin grade aus dem schlimmsten Verkehr raus und das nach fast zehn Stunden im Flieger."

„Alles klar", ihre Stimme wurde sanfter. „Aber du meldest dich zwischendurch, ok?"

„Na, sicher", versicherte Michael," ich werde dich immer auf dem Laufenden halten."

Michael lenkte den Mietwagen in Richtung der A-2.

Seine Gedanken gingen zurück. Zurück zu diesem einen, diesem entscheidenden Tag.

Es war an einem verregneten Dienstagnachmittag im Mai, als Michael über den Arbeiten seiner Studenten im Pomona College saß.

Müßig fand er diese Art seiner Tätigkeit. Hin und wieder fragte er sich, ob die jungen Leute ihm auch ab und an zuhörten oder nur an ihren Smartphones klebten. Er war kein Freund der modernen Technik. Allein Heather hatte er zu verdanken, dass er Besitzer eines Handys war.

Heather war IT-Dozentin. Sie fuhr geradezu ab auf alles, was mit Technik zu tun hatte.

Sie war Mitte dreißig und schon seit elf Jahren am Pomona College. Sie und Michael hatten sich an ihrem zweiten Tag kennen gelernt. Er wusste heute noch, als wäre es eben erst gewesen, wie er mit Stift und aufgeschlagenen Block über den Campus schlenderte. Versunken in seinen Notizen hatte er, als er um eine Ecke bog, Heather völlig übersehen. Heillos überrumpelt von diesem Zusammenstoß, brabbelte Michael zusammenhangloses Zeug. Das hatte allerdings auch etwas mit Heathers Erscheinung zu tun. Michael schätzte sie auf Mitte bis Ende zwanzig. Sie hatte braun gelocktes Haar, was ihr über die Schultern fiel. Ihre großen, dunkelbraunen Augen sahen Michael ungläubig an. In Sekunden allerdings hatte sie den Schreck überwunden und musste über den unbeholfenen jungen Mann lachen. „Na, ich glaube kaum, dass irgendjemand das versteht, was Sie da von sich geben". Michael hatte ebenso den ersten Schock überwunden.

„Verzeih, ich war…..irgendwie…..irgendwo".

Sie ließ sich hoch helfen. „Na, das hab ich gemerkt", sie sah Michael an. „Student?" Fragte sie. Michael schüttelte den Kopf. Er lächelte, was Heather gefiel. „Schlimmer", sagte er. „Dozent". Heather war erstaunt. Sie kannte Dozenten aber die meisten, sahen wenigstens auch so aus. Sie befand das sich der Wechsel an dieses College schon gelohnt hatte.

Seit dem saßen sie oft zusammen und philosophierten über alles Mögliche. Meist hatten die Gespräche Technik und den Lauf der Geschichte als Inhalt.

Heather bestand darauf das die Menschen in vielen Dingen noch zu dumm seien um die Möglichkeiten der Technik zu begreifen und anzuwenden. Michael hingegen argumentierte, das auch das Instrument der Technik sich evolutionär in die Geschichte der Menschheit finden musste. Ebenfalls wies er auch gerne daraufhin dass Funde der Archäologie darauf hindeuteten, das die Menschheit in früher Zeit Zugang zu Technik gehabt haben musste. "Wie kannst Du Dir erklären das ein Ochsenschädel in China ein Einschussloch aufweist. Dieses konnte nur durch ein Hochgeschwindigkeitsprojektil entstanden sein". Solche und ähnliche Dinge hielt er Heather gerne vor. Meist hatte sie auch keine direkte Antwort darauf.

Das Telefon riss Michael aus seinen Erinnerungen.
„Dr.Shane", Michael wollte gar nicht so schroff rüberkommen, aber er hing noch in den Erinnerungen.
„Dr.Shane, entschuldigen Sie wenn ich Sie so überfalle. Ich bin mir sicher, das sie in Arbeit versinken. Dennoch würde ich ihnen gerne etwas zukommen lassen. Sie werden in Kürze einen Brief erhalten, welcher Sie sehr interessieren wird." Die Stimme klang angenehm und hatte einen Akzent. Michael

dachte noch darüber nach wo er den Akzent einordnen sollte. Der Anrufer fuhr fort.

„Sie werden ebenfalls überrascht sein, das kann ich Ihnen versprechen. Es handelt sich um ein Thema welches sie vor zwei Monaten als Gastdozent in Yale bearbeitet haben."

Noch bevor Michael einlenken konnte hatte der Anrufer sich verabschiedet und aufgelegt.

Michael, dachte kurz nach, hatte aber einen engen Terminplan zum Einreichen der geprüften Arbeiten und besann sich wieder seiner Arbeit. *Unnötige Unterbrechung,* dachte er und wandte sich wieder den Arbeiten zu.

Jetzt wo er den Mietwagen auf die A-2 Richtung Calatayud lenkte, dachte er wieder an diesen Tag.

Drei Tage nach dem mysteriösen Gespräch lag auf seinem Schreibtisch ein Umschlag. Den seltsamen Anruf hatte Michael bis dahin schon völlig vergessen hatte. Der Stempel war aus Madrid in Spanien.

Der Umschlag enthielt ein Schreiben und zwei Fotografien. Das erste, zeigte ein uraltes Siegel. Michael las den Brief.

Sehr geehrter Dr.Shane,

Wie ich Ihnen am Telefon versprochen hatte, übersende ich Ihnen das Schreiben.

Sie werden im Weiteren erkennen, welche Bedeutung hier heraus zu erkennen ist.

Wie Sie ja selber wissen, wurde der Orden der Tempelritter 1314 aufgelöst. So steht es in den Geschichtsbüchern. Man munkelt dass Teile zum Deutschen Ritterorden gewechselt sind und andere sich in alle Winde verstreut haben. Ich hatte immer vermutet, dass dies falsch wäre, so wie viele andere auch. Allerdings gab es bis jetzt nie einen Beweis, der belegt, das der Orden im geheimen überlebt haben könnte und bis heute besteht.

*Das beiliegende Foto zeigt eine Bulle. Wie Sie wissen, sind diese Siegel mit dem Bild des Ursprungs versehen. So hatten zum Beispiel die Siegel des Vatikans den Namen des Papstes. Ich denke Sie erkennen was auf diesem Siegel abgebildet ist und wem diese Zeichen zuzuordnen sind. Das Dokument an welchem das Siegel hing, war ein Schreiben. Wichtig und überraschend ist allerdings das Jahr welches vermerkt wurde. Es war **1348**. Sie lesen richtig. Das Dokument stammt aus dem Jahr 1348.*

Sie wissen was das heißt?

Haben Sie eine Ahnung welch eine Bedeutung für die Geschichtsschreibung das haben wird?
Es stellt zumindest einiges in Frage, was uns über die Geschichte erzählt wurde.

Michael starrte auf das beiliegende Foto. Er war überrascht und aufgeregt zugleich.
Eine Bulle war im Mittelalter ein Siegel, welches an einer Urkunde oder an sehr wichtigen Schreiben angehängt wurde. Sie war sozusagen das persönliche Zeichen des Verfassers und besiegelte den Inhalt von wichtigen Dokumenten.
Michael konnte kaum glauben was er sah.
In Yale hatte er einen Vortrag darüber gehalten, wie verschiedene Gruppen in der Geschichte der Menschheit entstanden und wieder verschwanden. Ein Beispiel, welches er vorführte war das Emporkommen und Verschwinden der Templer.
Er hatte sich lange und intensiv mit diesem Orden auseinandergesetzt und war so manches Mal als Gast ins Fernsehen eingeladen worden um dort sein Wissen über diesen Orden zum Besten zu geben.
Michael kannte die Siegel der Templer.
Zwei Männer auf einem Pferd mit zwei Lanzen, war eins welches oft genutzt wurde.
Diese Abbildung führte ebenfalls dazu dem Orden Homosexuelle Akte vorzuwerfen

Michael las weiter,

Diese hängt an einem sehr interessanten Schreiben. Ich glaube, dass Sie die Zeichen und die Jahreszahl, zusammen auf einem Dokument, richtig interpretieren können. Dann wissen Sie auch wie unwahrscheinlich dieser Zusammenhang sein kann.
Das zweite Foto...,

Michael zog das andere Foto unter dem ersten hervor. Ihm stockte der Atem.
Ein Mann der auf dem Rücken lag. Unter ihm war ausgebreitet ein weißer Umhang und man erkannte die Enden des Tatzen Kreuzes.
Viel schlimmer war allerdings was man dieser Person angetan hatte. Die Augen waren entfernt worden und auf der freigelegten Brust war Zeichen eingeritzt worden.
Im oberen Teil der Brust war ebenfalls ein Tatzen kreuz zu sehen und darunter auf Bauchhöhe ein Pentagramm. Michael schluckte, bevor er weiter las.

...zeigt eine nicht so schöne Szenerie. Diese arme Seele gehörte zu denjenigen, welche die Dokumente fanden. Da ich weiß, das Sie an diesem Thema seit Jahren Interesse zeigen, würde ich mich freuen Sie persönlich

kennen zu lernen. Ebenso würde ich Ihnen gerne das komplette Manuskript zeigen und sehen, wie Ihre Meinung dazu ist.

Und letztendlich gibt es dort, wo wir uns treffen würden, auch etwas sehr interessantes.

Sollte ich Ihr Interesse geweckt haben, was mich freuen würde, dann lassen Sie uns zusammen schauen ob wir der Geschichte eine Richtungsänderung verpassen. Kommen Sie zu dem Kloster San Bartholome am Rio Lobos in Kastilien. Sie erreichen mich, sobald sie sich entschieden haben, unter der folgenden Nummer: 0400-295467.

Hochachtungsvoll
Thibaud

Dieser Name. Michael konnte den Blick von der Verabschiedung des Schreibens nicht lösen.

Thibaud. Michael kannte den Namen nur zu gut. Thibaud Gaudin starb 1292 in Sidon und war der 22. und vorletzte Großmeister der Templer.

Michael studierte erneut das Siegel. Es waren definitiv die Zeichen der Templer.

Ebenso sah er einen aufgerichteten Löwen sowie ein Kreuz. Diese beiden waren auch das Wappen von Thibaud Gaudin gewesen.

Aber die Templer wurden im Jahr 1307 verhaftet. Genau am 13. Oktober. Einen Freitag.

Offiziell wurde der Orden 1314 durch Papst Clemens V. durch das Konzil von Vienne aufgelöst. Zwei Jahre zuvor wurde der letzte Großmeister, Jacques de Molay in Paris hingerichtet. Danach waren die Templer Geschichte.

Danach waren sie aber nicht mehr vorhanden, dachte Michael.

Wie also konnten diese Zeichen in einem Schreiben von 1348 auftauchen? Ein Scherz?

Was hatte das Alles zu bedeuten? Waren die alten, die originalen Templer wirklich nie weg gewesen? Michael kannte etliche moderne Ableger, die sich Templer nannten. Aber in Wirklichkeit war keiner von diesen Orden eine direkte Linie zum Original des 14.Jahrhundert. Es war eine Modeerscheinung die viel Zulauf erhielt, weil wohl einige es toll fanden Mitglied eines so mysteriösen und Geschichtsträchtigen Orden zu sein. Manch einer wollte bestimmt auch herausfinden ob Geheimnisse innerhalb der Gruppe herauskamen. Die meisten wurden schnell mit der Realität konfrontiert, da ein Ableger nichts über den tatsächlichen Hintergrund des Ordens kennen konnte.

Aber das hier schien wohl etwas mehr zu beinhalten. Nur um bemerkt zu werden einen Mord begehen? Das konnte sich Michael kaum vorstellen.

Er beschloss so schnell wie möglich nach Spanien zu reisen.

Michael griff zum Telefon.

Kurze Zeit später kam Heather in sein Büro. „Ein Problem, welches der ehrwürdige Doktor nicht lösen kann?" Sie ließ sich lachend in den Sessel fallen.

Michaels Büro sah sehr altmodisch aus. Ein alter Eichenschreibtisch stand in der Nähe der Fenster. Gegenüber standen zwei Chesterfield Sessel und in ihrer Mitte ein kleiner runder Tisch. Die Wände waren zugestellt mit Regalen in denen Bücher und antike Schätzchen standen. Es roch nach Möbelpolitur.

Die ganze Optik passte nur nicht zu der Erscheinung von Michael Shane. Man hätte eher einen Mittsechziger in Cordhose und Pullunder erwartet.

Michael sah Heather verzweifelt an.

Er hielt es für angemessen ihr nichts über das Foto des Toten zu erzählen. Michael wollte Heather nicht ängstigen. Sie sollte im

Rahmen Ihrer Möglichkeiten sein Vorhaben unterstützen, ohne sich auch noch um ihn sorgen zu müssen.

„Kannst Du mir bitte alles über ein Kloster namens San Bartholome in Spanien aus diesem Internet raussuchen?"

Heather lachte. „Aus diesem Internet? Komm schon Michael, so alt bist du auch nicht. Du wirst doch wohl noch mit Google klarkommen." Michael sah sie flehend an. Sie lenkte ein. „Ok, also ich schau was ich rausfinden kann".

Michael sah sie erleichtert an. „Dank Dir tausend Mal. Ich häng hier mitten in diesen Arbeiten und muss die morgen früh einreichen."

Sie winkte ab. "Geschenkt mein Freund, aber Du schuldest mir was." Sie verschwand.

Noch am Abend erhielt er eine Mail von Heather.

Ich hoffe Du kommst mit einer Email zurecht :-)

Michael grinste. Heather wusste immer wie sie ihn auf den Arm nehmen konnte. Michael sah sich die gefunden Links an. Allerdings konnte er in keinem Artikel erkennen, was es hier mit den Templern nach ihrer Auflösung auf sich hatte. Sie sollen in der Gegend gewesen sein, und diese Einsiedlerkirche war erwähnt worden. Allerdings wurde nur vermutet das sie dort gewesen sein sollte. Was sie dort gemacht hatten, blieb im Reich der Spekulationen. Es handelte sich um ein Christliches Kloster in einer Schlucht von Spanien. Es lag in der Nähe der Stadt Ucero. Irgendwo sollte eine Komturei gewesen sein. *Das ist aber auch der einzige Zusammenhang,* dachte Michael.

Er schloss den Browser in seinem Laptop.

Am nächsten Morgen würde er ein Reisebüro anrufen und schauen das er schnellstmöglich einen Flug bekommen würde. Ihn hatte das Jagdfieber gepackt.

„Na, wenn Dich das so mitreißt, dann fahr doch hin", sagte Heather.

„Ich frage mich nur, ob da etwas dran ist, oder ob es sich um einen dummen Scherz handelt", hatte Michael nachdenklich erwidert. Er war verunsichert.

Sie hatten sich in einer Bar getroffen, die sie immer gerne für einen geselligen Abend in Anspruch nahmen. Sie hatten mittlerweile ihren eigenen Tisch, wenn er denn frei war und Chris der Inhaber war schon irgendwie ein Teil der Familie. Er hatte Ihnen freundlich zugenickt als sie reinkamen. Der Pub lag in der East Third Street. Es war ein gemütliches Lokal. Aufgeteilt in einen Restaurant Bereich und den Bar Bereich. Durch die Mischung von Alt und Modern, gab der Pub ein einladendes und gemütliches Bild ab. Michael und Heather waren gerne hier und gingen direkt in den Restaurant Bereich. Es war für beide Seiten schon ein gewohntes Bild.

„Na dann fahr halt nicht", Heather verzweifelte. Dieses Hin und her kannte sie eigentlich nur von ihren Freundinnen.

Sie hatten sich was zu trinken bestellt und saßen an ihrem Tisch.

"Ja aber wenn da etwas dran sein sollte? Das wäre unbeschreiblich."

„Nun, Du kannst dir doch einfach mal Spanien anschauen", sie grinste, „und wenn du dann ohne Gral zurück kommst bist du wenigstens erholt und hast vielleicht auch etwas Farbe bekommen."

Michael sah sie an. Er hatte immer wieder überlegt, ob er ihr von dem Toten erzählen sollte, aber meist verwarf er diesen Gedanken sofort. Wenn sie annahm das er einfach nur auf einer kleinen Reise im Sinn der Geschichte unterwegs sei, war das für alle am besten. „Na dann nehm ich zumindest mal die Farbe mit", Michael lachte gequält.

„Also, auf auf, kleiner Kastilier", Heather schlug ihm auf die Schulter.

Es war heiß geworden. Als er losgefahren war, hatte Michael das Fenster runter gelassen und genoss die frische Morgenluft. Jetzt allerdings wurde selbst der Fahrtwind stickig und viel zu warm.

Kurz vor Calatayud bog Michael ab auf die N-234 Richtung Soria.

Die Klimaanlage im BMW funktionierte hervorragend und so hielt Michael die immer größer werdende Hitze draußen. Die Umgebung war nachdem er Madrid verlassen hatte meist eher trist. Trist lag die Einöde vor und hinter ihm. Hier und da ein paar Sträucher und Bäume.

Sein Plan war sich heute erstmal zu akklimatisieren. Sein erstes Ziel war das Parador de Soria. Hier hatte er ein Zimmer gebucht mit Blick über den Duero, dem Fluss, der sich an Soria vorbei schlängelte.

Sein Navi führte ihn ohne Probleme zu seinem Hotel. Er lenkte den Wagen auf den Parkplatz neben dem Hotel. Als er ausgestiegen war, musste er sich erst einmal strecken. Zu lange hatte er jetzt gesessen. Die Luft war trotz der Wärme angenehm. Der Geruch der Bäume und Sträucher rund um das Hotel drang ihm in die Nase.

Irgendwie sah das Hotel sehr modern für so einen geschichtsträchtigen Ort aus. Er dachte an die Funde aus der römischen Zeit in der Nähe sowie die Anfänge von Soria und welche bekannten Namen hier schon vor Ort waren. Allein im 12. Jahrhundert waren drei

Orden hier ansässig. Neben den Templern waren hier auch die Johanniter sowie der Orden von Calatrava ansässig gewesen.

Und jetzt stand Michael vor der modernen Glasfassade des Hotels. Irgendwie surreal. Er trat ein. Hier hatte der Architekt ganze Arbeit geleistet. Gemischt wurde Moderne mit Geschichte. Das gefiel Michael und trat an die Rezeption. Diese war mit Holz vertäfelt und passte perfekt in das Ambiente. Der Empfang war höflich und sehr vorbildlich. Der junge Mann hinter dem Tresen schien jeden Wunsch zu erahnen und konnte alles bedienen was Michael auch nur annähernd äußern würde. Michael kam sich vor wie ein Star. So sehr bemühte sich der Rezeptionist, seinem Gast einen unvergesslichen Aufenthalt zu bescheren.

Kurze Zeit später, saß Michael auf dem Bett in seinem Zimmer. So konnte man sich es gefallen lassen. Die Zimmer hielten, was dem Besucher beim Betreten des Hauses versprochen wurde. Ein heller, trotz Einzelzimmer großzügig geschnittener Raum. Das Bad war modern gefliest und auch die Armaturen waren neuester Trend. Das Fenster war mit hellen Vorhängen bestückt und ein Fenster stand auf Kippe und ließ die nach Blüten duftende katalanische Luft hinein. Michael grinste. Die Reise hatte sich jetzt schon gelohnt.

Er schickte wie versprochen eine Nachricht an Heather und versicherte ihr das es ihm gut ginge. Zum Beweis schickte er gleich noch ein Foto von seinem Zimmer.

Einen Lidschlag später kam schon die Antwort. Heather schien beruhigt.

Einen Tag würde Michael hier verbringen, bevor es zur nächsten Station nach Ucero ging. Die Kirche von San Bartholome lag unweit von Ucero entfernt, aber da Michael gelesen hatte das der Orden auch in Soria untergekommen war, wollte er diesen nahen Punkt mitnehmen. Vielleicht würde er ja etwas finden, was eine Verbindung herstellen konnte. Wenn nicht dann hatte er im Rahmen seines Berufs wenigstens diesen Punkt auch mitgenommen. Aber Ucero stand für den nächsten Tag fest.

Dort würde er den mysteriösen Mann der sich Thibaud nannte treffen. Ihn hatte Michael benachrichtigt als er im Flughafen auf seinen Koffer wartete.

Thibaud hatte sich kurz gehalten und bestätigt, das er vor Ort sein würde. Wer war dieser Fremde. Was verband ihn eventuell sogar mit einem Mord? Michael wusste er musste auf jeden Fall vorsichtig sein, solange er keine Antworten bekam. Er konnte sich immer noch nicht vorstellen, wer den Namen des vorletzten Großmeisters besetzen würde um ihn zu kontaktieren. Was steckt dahinter ?

Michael sprang unter die Dusche um sich die Müdigkeit aus dem Körper zu waschen.

Nachdem er auf der Terrasse mit einem atemberaubendem Blick über Soria einen Cappuccino genossen hatte, beschloss er sich die Reste des Templerklosters San Juan de Duero anzusehen. An der Rezeption bestellte er sich ein Taxi. Sollte mal jemand anders fahren.

Zu einigen Vorteilen seines Berufes gehörte die Beherrschung einiger Sprachen. Auch spanisch sprach Michael fließend. So war es kein Problem, als das Taxi vor dem Hotel hielt, sich mit dem Fahrer zu unterhalten. Sein Fahrer hieß Aran und war ein junger Mann so um die dreißig. Er hatte kurze dunkle Haare und etwas zu weit vorstehende Vorderzähne. Immer wenn er lachte erinnerte Michael das einen Schauspieler. Leider fiel ihm der Name nicht ein.

Aran freute sich sichtlich einen Amerikaner im Wagen zu haben. Er stellte unendlich Fragen über Amerika, Trump und alles Mögliche. Michael gab immer brav aber kurz gehalten Antwort. Er wollte sich dem Eindruck dieser Stadt hingeben. Abgesehen davon, verfolgte er das politische Geschehen eh nicht so sehr. Seiner Meinung nach war der Ursprung derjenigen, welche die Interessen der ihm Untergeordneten vertrat, nicht mehr mit dem zu vergleichen, mit dem was die moderne Politik trieb. Somit hielt er sich zurück was Aussagen in diese Richtung anging.

Soria lag in einem dünn besiedelten Gebiet in Katalonien. Man hatte sich bemüht mit den Resten der Geschichte Touristen hierher zu locken. Aber man merkte, wenn man über die Stadtgrenze schaute das außerhalb so gut wie nichts war. Was dem Stadtbild aber keinen Abbruch tat. Das 40.000 Seelen Städtchen machte mit seinen verwinkelten Gassen und einladenden Häuserfronten einen sympathischen Eindruck. Michael hatte sich schlau gemacht und wusste das die Menschen in dieser Region noch sehr an den Alten Sitten hingen. Bis heute wird hier der «Toro Júbilo», das Ritual mit dem Feuerstier, statt. Hier wird einem Stier an den Hörnern etwas angebracht das in Pech getränkt ist und angezündet. Das wird <<Toro de Fuego>>, genannt. Der brennender Stier. Das allerdings erlebt man nicht in Soria selber, sondern in Medinaceli, eine kleine Bilderbuchstadt in der Provinz Soria.

Schon bei der Ankunft, hatte Michael, bevor er auf die Brücke fuhr, den Wegweiser zum Kloster gesehen.

Das war das Ziel. Das Kloster San Juan de Duero.

Michael sprang aus dem Taxi und nahm die Handynummer von Aran entgegen. „Rufen Sie einfach an, Senior", Aran grinste wieder. *Verdammt wie heißt der Typ?* Michael kam einfach nicht drauf.

Michael betrat das Areal durch das runde Holztor. Er stand in einem von Mauern umsäumten Gelände indem die Reste von Bögen standen. Das war die ehemalige Galerie. von hier aus kam man in das Kirchenschiff, welches noch stand. Michael bewunderte die Konstruktion der Bögen.

Die Symmetrie und die Liebe zum Detail, erklärte warum viele den Übergang zu den Freimaurern vermuteten.

Michael betrat das Hauptgebäude. Kühl war es in der Steinkonstruktion. Michael roch den Stein und da einige hier unterwegs waren, hallten ihre Schritte durch das Gebäude.

Im Kirchenschiff sah Michael weitere Bögen. Die Übergänge der Bögen waren im oberen Teil ebenso verziert und mit Rittern, Mustern und Zeichen versehen.

Sein Handy meldete sich. „Wer zum Teufel?", Michael kramte das Telefon aus der Hosentasche.

"Michael?"

Heathers Stimme ließ Michael misstrauisch werden. „Heather?"

„Ja ich….ich denke….ich glaube…", Michael lachte. „Hey, ganz ruhig. Was ist denn los?"

Heather versuchte ruhig zu sprechen. „Michael, ich glaube Du wirst verfolgt."

Das saß.

Michael sah sich um. Einige Touristen spazierten durch das Kirchenschiff und bestaunten und fotografierten. Allerdings schien sich keiner für den telefonierenden Amerikaner zu interessieren.

„Also ich glaube Du übertreibst. Woher willst Du das überhaupt wissen?"

„Naja", Heather stockte, „egal, na ich habe dein Smartphone angezapft und habe eine Signatur gefunden, welche darauf schließen lässt das Dich noch jemand anzapft."

„Was?", Michael hatte ungewollt so laut gesprochen das seine Stimme von den Wänden widerhallte und einige der anderen Besucher sich zu ihm umdrehten.

„Willst Du mir ernsthaft erzählen das Du und Gott weiß wer sich mit meinem Handy verbunden haben?" Michael musste das erstmal verdauen. „Ich habe Dir immer gesagt was ich von diesem ganzen modernen Kram halte." So langsam wurde er richtig sauer.

„Ja ich weiß Mike. Ich hab das ja auch nur gemacht, damit ich weiß das es Dir gut geht, bitte glaube mir. Deine Kamera habe ich nicht angezapft. Freunde?"

Michael hörte wie sie die Luft anhielt.

"Meine Kamera....bitte was? Willst Du mir erzählen das Du auch noch sehen und hören könntest was ich mache?" Michael war mittlerweile raus in die offenen Galerien gegangen.

Das würde wenigstens den lauten Widerhall vermeiden.

„Na möglich wärs schon. Aber. Nein, warte. Sei versichert das würde ich nie machen." Heather tat ihm fast schon wieder leid. „Darüber reden wir noch, wenn ich zurück bin. Also was hat es jetzt mit dieser anderen Signatur auf sich und was bedeutet das?"

Heather klang erleichtert. „Also, ab dem Zeitpunkt wo Du im Hotel eingecheckt hast, habe ich in Deinem Handy bemerkt das noch jemand Dich, sagen wir, angezapft hat. Das Ganze jetzt technisch zu erläutern würde dich nur verwirren. Wichtig ist nur das es jemanden gibt, den Deine Reisepläne zu interessieren scheinen."

„Ok, ich werde ins Hotel fahren. Wenn Du etwas neues hast, dann melde Dich."

Heather versprach es und Michael wählte die Nummer von Aran.

Nachdem Michael gegessen hatte saß er in der Abendsonne auf der Terrasse des Hotels.

Ruhig las Soria vor ihm. Er konnte sich fast ausmalen, wie dieses Nest auf einen Reisenden zu Pferde in alter Zeit gewirkt haben musste. Ein Posten in der Einöde von Stein und Staub.

Heather hatte ihm vor dem Abflug auch noch ein Headset untergejubelt. Nachdem sie ihm erklärt hatte wie es funktioniert, hatte er jetzt in der kastilischen Abendsonne ihre Stimme im Ohr.

„Also, wer bitte sollte Dich denn in Spanien verfolgen und die große Frage ist: Warum?"

Heather klang schon besorgt.

„Naja, rekapitulieren wir mal", Michael nahm einen Schluck Rotwein. „Zuerst ist laut offiziellen Versionen der Templerorden Geschichte seit dem Jahr 1314."

Heather unterbrach ihn, „Aber was ist denn an so einem alten öden Orden dran? Gut da haben sich irgendwelche Ritter zusammengetan und die haben dann das Bankenwesen entwickelt und sollen mit dem heiligen Gral abgehauen sein. Alte Geschichten halt."

"Nun, ganz so einfach ist es nicht", Michael kam in Fahrt. „Zuerst hat sich die Arme Ritterschaft Christi und des salomonischen Tempels zu Jerusalem, so war der Name der Templer, zum Schutz der Pilger abgestellt. Sie hatten ihr Quartier unter dem Tempelberg, wo heute noch in den Gewölben der Moschee Spuren zu finden sind. Einige behaupten, sie hätten unter dem Tempelberg gegraben und etwas außergewöhnliches gefunden, konnte aber nie bewiesen werden. Um den Pilgern nicht zuzumuten mit großer Menge Geld unterwegs zu sein, gaben sie ihnen die Möglichkeit das Geld in der einen Templerburg abzugeben und mit einem Bestätigungsschreiben dies an einer anderen Stelle wieder abzuholen." Michael nahm erneut einen Schluck, bevor er fortfuhr. „Als die Templer dann der Kirche zu mächtig wurden, entschied der Papst, die Templer unter falschen Anschuldigungen, sie zu verhaften und festsetzen zu lassen. Anfang der 2000er gab die Kirche dann zu, das die Anschuldigungen keine Grundlage hatten."

„Aber was ist dann nun so interessant daran?" Heather hörte mittlerweile interessiert zu.

„Ich meine, ob die da nun weg waren oder nicht, ist doch nach 700 Jahren nun wirklich nichts Weltbewegendes."

Michael reagiert empört. „Na hör mal, das wäre eine Sensation. Das würde so einiges in Bewegung setzen. Laut den Gerüchten, sollen die Templer über ein Vermögen verfügt haben, das sich keiner vorstellen kann. Ebenso sollen sie, wie ich dir sagte, etwas unter dem Tempelberg gefunden haben. So ein Fund wäre in vielen Richtungen ein absoluter Knaller."

Heather versuchte zu beschwichtigen, „Ja, schon gut. So habe ich es ja nicht gemeint. Aber wer würde denn nun hinter dir her sein?"

„Das ist eine gute Frage", Michael verzog sein Gesicht, „im Laufe der Jahrhunderte haben sich einige an die Fersen der Gerüchte geheftet. Allein als die Templer das Abendland verloren durch den Fall von Jerusalem und Akkon, flohen sie in Richtung Zypern und dann, irgendwie zerstreuten sie sich und verschwanden im Nebel der Zeit. Wenn dieser Nebel gelüftet werden kann, dann hängt da eine Menge dran."

Er stand auf und ging an den Rand der Terrasse. Mit dem Glas Wein in der Hand lehnte er sich auf die Umrandung und schaute auf die Lichter von Soria rüber.

„Ich denke wir werden es erfahren, ob wir wollen oder nicht. Allein wäre es schon interessant zu erfahren, was sie unter dem Tempelberg gefunden haben. Der Legende nach, sollen einige sich anschließend auf den Weg nach Rom gemacht haben. Nach diesem Besuch erhielten sie seitens der Kirche Privilegien und Macht, was nur einen Schluss zulässt. Die Kirche wollte vermeiden, das Wenn sich jemand die Mühe macht, mir so auf den Fersen zu bleiben dann wird er sich irgendwann auch zeigen, hoffe ich."

Er nahm den letzten Schluck.

Kapitel 2 - Akkon 1291 a.D.

In der großen Halle aus Stein, hörte man dumpf die Schlachtgeräusche. Bis hier unten war der beißende Rauch vorgedrungen. Die Stadt brannte, da gab es keinen Zweifel.

Akkon war eine Hafenstadt. Sie lag am östlichen Mittelmeer. In den Jahren hatte die Gruppe, die sich Arme Ritterschaft Christi und des salomonischen Tempels zu Jerusalem, nannte, hier einiges aufgebaut. Neben der riesen Festung im Hafen, hatten sie dafür gesorgt das hier ein gefragter Handelshafen entstand. Schiffe kamen von überall her und in den Straßen der Stadt und auf dem Marktplatz herrschte jeden Tag ein reges Treiben.

Sie hatten unter der Festung ein riesiges Labyrinth aus Gängen und Räumen angelegt. Man konnte es schon als, Stadt unter der Stadt bezeichnen. Allerdings waren die ruhigen Zeiten der Stadt vorbei. Es hatte sich nach dem Fall von Jerusalem schon angedeutet. Die Zeiten waren unruhiger geworden und es war damit zu rechnen das ehemals Verbündete, sich irgendwann auflehnen würden.

Jetzt war es soweit und die Stadt wurde angegriffen.

Laut klappernd kam ein Mann in voller Rüstung in die Halle gestürmt. „Er ist gefallen", rief er keuchend. Die Halle war in den Stein gearbeitet. Sie war eindrucksvoll von der Größe her. Hoch oben sah man die Decke und auch von den Maßen her, war die Bezeichnung Halle gerechtfertigt. Im Übergang zur Decke waren Verzierungen und Köpfe liebevoll eingearbeitet worden. Die gleichen Verzierungen sah man in den sechs Säulen die in der Halle die Decke stützten. Die Halle besaß einen Ein- sowie einen Ausgang. Der Neuankömmling war durch den Eingang in die Halle gestürmt.

Im Raum standen drei Männer in langen Gewändern, die sich ruckartig umgedreht hatte. Der größte von Ihnen, trat einen Schritt auf den Neuankömmling zu. "Wer ist gefallen, mein Sohn".

Der große hatte lange braune Haare und einen dichten etwas längeren Bart. Er trug einen Gambeson der irgendwann mal weiß gewesen sein mochte. Darüber fiel ein Kettenhemd und auf dem langen weißen Mantel der ihn umhüllte zeichnete sich in rot das berühmte Tatzen Kreuz ab. Wie auch auf der Brust. Seine Haltung zeigte, das er es gewohnt war die Führung in schwierigen Zeiten zu übernehmen.

Sein Name war Thibaud Gaudin. Er war nach dem Großmeister der höchste im Orden hier in Akkon. Sie hatten sehr lange in Akkon in Frieden gelebt. Vor einiger Zeit kam Kunde über den Fall von Jerusalem. Vor Wochen berichteten Späher dann, das die Truppen des ägyptischen Mamluken-Sultans al-Malik al-Asraf Chalil sich aufgemacht hatten und auf Akkon zumarschierten. Sie hatten Jahre damit verbracht Akkon so aufzubauen, das in so einem Fall der Abzug schnell und unkompliziert durchgeführt werden konnte. Das zahlte sich jetzt aus. Die Armee die Akkon angriff war zu groß und sie hatten geahnt das sie den Ansturm nicht aufhalten konnten.

„Also, John?", fragte Thibaud. „ Wer ist gefallen?"

Thibaud hatte den jungen Mann erkannt. Es war John St. Claire. Er war einige Jahre in Akkon und Thibaud hatte sich dem jungen Mann angenommen. Irgendwie hatte er eine Sympathie für ihn entwickelt. Er hatte John aber auch im Hinblick auf den Orden so gesteuert, das dieser später für den Orden Aufgaben übernehmen könnte.

John stand zitternd vor Thibaud. „Mein Herr, es ist Guillaume de Beaujeu, der Großmeister. Er fiel einem Hieb zum Opfer."

Thibaud wurde bleich. Der Großmeister gefallen? Thibaud dachte kurz nach. Er wusste genau was zu tun war. Immer und immer wieder hatten sie solche Situationen durchgesprochen. Das Abendland war gefallen. Sie würden hier alles zurücklassen. Zum Glück waren die Besitztümer und Schätze schon seit Wochen weg. Die letzten Kisten waren soeben auf das im Hafen wartende Schiff geladen worden. Jetzt waren sie dran.

„Also gut", Thibaud wusste das sie jetzt alle auf ihn angewiesen waren.

„Jaques?", Thibaud drehte sich zu einem älteren Ritter neben ihm um. „Du wirst hier mit diesem jungen Mann dafür Sorge tragen das die Sperren in den Tunneln aktiviert werden. Dann nehmt ihr alle die noch können und folgt uns mit dem zweiten Schiff."

Der ältere nickte. Er hatte verstanden. „Komm Du", zischte er den jungen Ritter an. „Mein...mein Name ist...John St. Clair....", stammelte dieser.

„Also gut John komm, wir müssen uns sputen". Sie verschwanden aus der Halle.

Thibaud drehte sich zu den anderen Rittern um. „Der Großmeister ist gefallen. Akkon können wir nicht halten. Brüder, es ist die Zeit gekommen. Wir werden nach Plan vorgehen. Er wandte sich einem der Männer zu. „Pierre?

Der Angesprochene war Pierre de Sevry. Er war der Marshall des Ordens.

„Ja, Herr?", Pierre verbeugte sich vor Thibaud. „Du wirst die weitere Verteidigung von Akkon leiten. Ich begebe mich nach Sidon um mich mit den Oberen des Ordens zu beraten wie es weiter gehen wird.

Auf ihrem Weg durch die scheinbar unendlichen Gänge unter Akkon, gingen Thibaud etliche Gedanken durch den Kopf.

Wohin sollten sie segeln? Wie ging es weiter? Soll das Abendland wirklich komplett aufgegeben werden?

Er wusste, er würde erst einmal nach Sidon segeln. Zypern war das nächste Ziel was in kurzer erreichbarer Distanz lag. Dort müsste er mit den anderen höheren Mitglieder des Ordens erst einmal klären, wie es weitergehen soll.

Der Gang schien kein Ende zu nehmen. Endlich erreichten sie den Ausgang. Thibaud konnte den Rauch riechen. Akkon brannte. Er trat hinaus in die Dunkelheit. Vor ihm lag das Meer. auf der Oberfläche des Wassers konnte er den Feuerschein des hinter ihm liegenden brennenden Akkon sehen. Sie liefen nach rechts über den Mauervorsprung. Hoch über ihnen liefen Männer in Richtung des Kampfes. Sie hörten das Schlagen der Plattenschuhe auf den harten Stein bis hinunter zum Meer. Sie liefen um einige

Ecken herum. Dann sahen sie im Dunkel die Silhouette eine Schiffs vor ihnen aufragen. Thibaud flüchtete an Bord. Er gab dem Kapitän das Zeichen zum Ablegen. An Bord lehnte sich Thibaud erst einmal über die Reling. Er sah in kurzer Entfernung das zweite Schiff, welches auf die anderen wartete. Der Himmel über Akkon war vom Feuer gespenstisch in rotes Licht getaucht. Das Licht schien hin und her zu tanzen. Thibaud blickte traurig auf Akkon. Hier hatte er so viele wunderbare Jahre verbracht.

Er war als junger Mann beim Sturm auf Tibnin und Tiberias dabei. Die folgenden Monate verbrachte Thibaud in Gefangenschaft. Gegen ein Lösegeld kam er frei. Damals war er noch ein junger Ritter des Ordens und konnte nicht überblicken wie groß und durchstrukturiert der ganze Orden war. Ursprünglich in Spanien geboren und aufgewachsen, war die Mitgliedschaft im Orden das beste was einem jungen Mann widerfahren konnte. In Akkon nach einem Abkommen mit den Mameluken, welche nun für den Angriff verantwortlich waren, konnten sie sich lange Zeit einrichten. Das taten sie mit Hingabe. Sie erschufen eine Festung welche sich sehen lassen konnte. Das aber wirklich große, schlummerte unter Akkon.

Das Labyrinth und die endlosen Tunnel unter der Stadt waren beispiellos.

Das alles lag hinter ihm. Er blickte auf die vorbeischwimmenden Wellen, die das Schiff warf. Als Großkomtur, war er für die Evakuierung im Falle eines Untergangs der Stadt verantwortlich. Dies hatte er vorbildlich eingeleitet. Durch eine Ablenkung ließ er verbreiten das er mit einer venezianischen Galeere geflüchtet sei. Sollten die anderen ihn dort vermuten. Thibaud hatte für alles gesorgt.

„Thibaud?", der Angesprochene drehte sich um. Hinter ihm stand ein Ritter. Die Kleidung war vom Kampf gezeichnet und sein Gesicht war von Dreck und Blut verdunkelt. „Ja, mein Sohn, was kann ich für Dich tun?" Thibaud konnte in jeder Situation durch seine Erscheinung wie ein Quell innerer Ruhe wirken. „Ich wollte nur bekannt geben, das uns niemand folgt und der Ausguck hat das Ablegen des zweiten Schiffes bestätigt."

Gott sei dank, dachte Thibaud. Dann hat das wenigstens wie geplant funktioniert.

An Bord des Schiffes befanden sich fast vierzig Mitglieder des Ordens. Thibaud bedauerte das er nicht die Möglichkeit erhalten würde, seinen Mentor und Großmeister Guillaume zu bestatten.

Einzig die Tatsache das es wenigstens geschafft hatte, Jerusalem zu besuchen und den Ort des Entstehens des Ordens zu sehen, beruhigte Thibaud ein wenig. Dort in den Gewölben des Tempelbergs wurde er eingeweiht in die Geheimnisse des Ordens, die sogar die meisten Mitglieder nicht kannten. So erfuhr Thibaud im Dunkel der Gewölbe auch, was die Gründer des Ordens hier gefunden hatten. Dies ließ bei Thibaud alle Zweifel fallen.

Im Gegenteil, wusste er nun wieso Rom eine ernstzunehmende Gefahr darstellte. Ebenfalls hier wurde Thibaud in ein Ritual eingeführt. Das Ritual des Baphomet. Baphomet war der Gott des Verstehens und ein Zeichen derjenigen im Orden die über die Geheimnisse wussten und verstanden hatten.

Das der Frieden mit den Mameluken nicht ewig halten würde, war klar, aber wenn Sie jetzt auf das Festland gegenüber sich zurück ziehen mussten, bestand die Gefahr durch Rom. Bisher hatte der Papst die Unternehmungen des Ordens geduldet. Auch weil im Ursprung die Pilger der Christen geschützt wurden. Diese Zeiten waren vorbei. Pilger kamen nicht mehr in das zurück eroberte Jerusalem und das weitreichende Netzwerk des Ordens führte eher zu größeren Problemen mit Rom. Dort sah man jetzt schon den Reichtum und den Einfluss des Ordens mit großen Bedenken.

Wenn sie wüssten, das wir Rom in Kürze stürzen könnten, hatte Thibaud schon öfter gedacht. Aber solange sie Rom hinter sich hatten, würde diese Gefahr nicht bestehen. Die Oberen des Ordens hatten immer betont, wie wichtig es war die Möglichkeit zu haben, diese aber nicht zu nutzen. Dann wäre es einmalig. Der Druck wäre immer während. Das war ihr Credo.

Aus seinen Gedanken heraus realisierte Thibaud, das der Ritter noch neben ihm stand. Er räusperte sich. „Gut, stell sicher das die Kisten im Schiff gut vertäut sind und das sich keiner ihnen nähert."

„Ja, mein Herr", der Ritter verneigte sich und verschwand in der Ladeluke des Schiffes. Thibaud blickte auf die schimmernde Wasseroberfläche.

Er hoffte das Jaques und John es schaffen würden. Er war Johns Mentor und hatte den jungen Mann im Laufe der Zeit ins Herz geschlossen. John war klug und hatte Thibaud nie enttäuscht. Wäre es ihm vergönnt gewesen eine Familie zu haben, so hätte er sich einen Sohn wie John gewünscht. Jetzt war der Orden seine Familie. Thibaud schmunzelte. Viele hatten durch den Dienst am Orden vergessen eine Familie zu gründen.

Thibaud wusste um die Dringlichkeit und wie wichtig der weitere Weg sein würde und er hatte seine Wahl für denjenigen der diesen Weg für den Orden gehen würde längst gefällt.

Akkon verschwand aus seinem Blick und kurze Zeit später war auch der Feuerschein nicht mehr zu sehen.

Die Reise hatte begonnen.

Kapitel 3 - Eine unerwartete Wende

Thibaud lehnte an der Reling. Er schaute auf Meeresoberfläche. Sie lagen gut im Wind und dementsprechend glitten die Wellen vorbei. Sie würden in Kürze ihr Ziel erreichen und Thibaud musste sicherstellen, das auch er vorbereitet war, wenn er den Ordensbrüdern den Fall Akkons und des Großmeisters darlegen musste. Und das würde er müssen.

Thibaud schaute auf die Stadt. Vor dreißig Jahren war sie von dem letzte Graf Julian Garnier an den Orden übergeben worden. Sie hatten in der Zeit danach angefangen die Seefeste auszubauen und alles nach ihren Vorstellungen zu gestalten.

Sie liefen in der libyschen Hafenstadt ein. Nachdem das Schiff vertäut war, ging Thibaud von Bord. Das zweite Schiff war zur gleichen Zeit eingelaufen und so lief Thibaud mit seinem alten Vertrauten Jaques und dem jungen Bruder John durch den Hafen in Richtung der Seefeste. Die Fischer und Händler im Hafen Sidons gingen fleißig ihrer Arbeit nach und sorgten für ein buntes Bild. Sie mussten die ganze Länge des Hafens ablaufen.

Sie müssten ein lange Brücke überqueren um zu der Festung zu gelangen.

Sie sahen über den Zinnen der Feste die bekannten Kreuzbanner wehen.

Ein vertrauter und in diesen Zeiten beruhigender Anblick.

Die anderen würden auf Befehl die Fracht bringen, solange würden sie diese mit ihrem Leben verteidigen. Thibaud wollte so schnell wie möglich die weiteren Schritte mit den Anderen besprechen. Eine dunkle Zeit zog auf und sie mussten sich vorbereiten.

Sie wurden empfangen und versorgt. Nachdem sie sich frisch gemacht hatten, brachte man sie in die große Halle. Lange Banner mit den Zeichen des Ordens hingen von der hohen Decker herab und in der Mitte der Halle stand eine eindrucksvolle Tafel.

Fünf Männer saßen am Ende der Tafel und standen auf als Thibaud näher Schritt. Thibaud grüßte und man nahm Platz.

Thibaud erzählte ausführlich was in Akkon vorgefallen ist. Ebenso klärte er die anwesenden Brüdern das und wie der Großmeister sein Leben beendet hatte.

Es war still in der Halle.

Der älteste. Ein Ordensbruder namens Antonius ergriff als erster das Wort.

"Ich danke Gott, dass er Euch geschickt hat und ihr wohlbehalten eingetroffen seid.

Ihr musstet schreckliches erleben und eine große Aufgabe meistern, die ihr beispiellos ausgeführt habt. Dafür dankt euch der Orden."

Die anderen nickten zustimmend.

"Dennoch", fuhr Antonius fort, "wir müssen die Fracht weiter schicken. Wir denken das die Mameluken nicht halt machen werden und weiter ziehen. Vielleicht sogar bis Sidon".

Thibaud wollte protestieren, aber Antonius hinderte ihn daran. "Ich weiß Thibaud. Aber wir sind jetzt die Einzigen die dem Orden helfen können. Wir müssen dafür sorgen, das weder die Mameluken noch seitens Rom, eine Gefahr entstehen könnte. Unsere Liegenschaften im Abendland sind fast alle aufgegeben und wir müssen die Stützpunkte auf dem Festland nutzen."

"Aber wie?" Thibaud konnte sich nicht vorstellen, wie sie das ganze Netz des Ordens mal eben von hier aus lenken wollten.

"Mein Bruder, wir werden uns beraten und Dir Kunde über unsere Entscheidung geben. In der Zwischenzeit suche bitte einen jungen Bruder dem du vertraust und bringe ihn auf den Stand, den er benötigt um die Reliquien und Artefakte des Ordens sowie ein Teil des Vermögens nach Spanien und von dort aus weiter zu transportieren. Er soll fünfzig

Brüder zur Begleitung mitnehmen. Schiffe liegen ja noch im Hafen."

Thibaud nickte und schritt zur Tür.

Ich möchte wissen, was sie vorhaben, dachte er. Allerdings wusste er schon wen er mit der Aufgabe betreuen würde.

John nickte. Thibaud hatte ihn informiert und erklärt, was von John erwartet wurde.

"Du wirst unseren Stützpunkt in Spanien anlaufen", erklärte Thibaud. "Von dort aus geht es für einen Teil der Fracht nach Frankreich in das Kloster Saint-Eusèbe. Der andere Teil verbleibt mit Dir in Spanien. Wir müssen gut überlegen, wie und wo wir ihn hinbringen um seine Sicherheit zu gewähren. In Frankreich werden unsere Brüder die Fracht erwarten. Dort werden sie einen Plan entwerfen wie alles verteilt wird. Aber, besonders Augenmerk ist vor allen Dingen auf die Artefakte aus Jerusalem zu legen, Du verstehst?"

John hatte verstanden. Der Orden betreute ihn mit einer Mammutaufgabe und erwartete das er dies Aufgabe im Sinne des Ordens erledigen würde. Das musste er erst einmal verdauen. John St. Claire stammte aus gutem Hause in Schottland. Seine Familie hielt Besitz in der Nähe von Edinburgh. Dort bewohnten sie seit langer Zeit Rosslyn Castle.

Er war nach Jerusalem gereist um als Pilger und Krieger nach Hause zurückzukehren.

Seine Pläne wurden in eine andere Richtung gelenkt, als er sich dem Templerorden angeschlossen hatte.

Er folgte den Anordnungen des Ordens und kam nach Akkon. Hier hatte er dem Orden bis zur Belagerung gedient und seine Aufrichtige und verlässliche Art blieb auch nicht den Obersten verborgen.

John hatte Schulterlange schwarze Haare und ein leichter Bart umschloss sein Gesicht.

Er hatte eine zeitgemäße Körperhöhe und eine, man würde heute, durchtrainierte Figur.

Thibaud hatte sich gern mit John in Akkon zusammengesetzt. Der junge Bruder, war intelligent und konnte Vorgänge schnell und sehr gut zuordnen und verknüpfen. Was John seitens Thibaud schnell Sympathie zutrug.

Jetzt würde John allerdings eine Aufgabe meistern müssen um die ihn im ganzen Orden bestimmt kein Bruder ihn beneiden würde.

Sie saßen den ganzen Abend in der Seefestung und besprachen die einzelnen Punkte.

Am nächsten Morgen wurde John in die große Halle gerufen. In einer Gruppe Ordensbrüder, konnte John, seinen Mentor

Thibaud leicht erkennen. Er überragte die anderen um Haupteslänge.

Thibaud hatte John gesehen und winkte ihn zu sich. Als John neben ihm stand, stellte er John den anderen vor. John wusste das er hier vor dem Ordenskapitel stand.

Sie waren diejenigen die den Großmeister ernannten und als direkte Instanz unter dem Großmeister angesiedelt waren. John schluckte. Ihm wurde klar, dass er hier vor der höchsten Instanz des Ordens stand. Einzig der Großmeister weilte nicht mehr unter ihnen.

"Unser Bruder Thibaud hat uns von Dir erzählt. Wir stimmen mit ihm überein, dass keiner sich besser eignet, um die Ziele des Ordens umzusetzen. Wir stecken viel Vertrauen in Dich, mein Bruder." John verneigte sich, wie es sich gehörte.

Thibaud übernahm. "John, Dir werden Männer zur Seite gestellt. Unsere Brüder in Spanien werden informiert über Deine Reise und werden Dir, was immer Du brauchen wirst, geben.

Deine Reise und der Erfolg sind nunmehr das Einzige was für Dich zählen wird."

John nickte." Ich werde Euch nicht enttäuschen".

Thibaud beugte sich zu ihm. "Ich weiß mein Bruder." Er zwinkerte.

John sah ihn an. "Werdet ihr die Reise nicht begleiten?"

Thibaud schüttelte den Kopf. "Ich werde Sidon auf einen möglichen Angriff vorbereiten. Mein Auftrag ist hier. Aber egal wo wir sind. Wichtig ist, das wir unsere Aufgabe erfüllen und so dem Orden bestmöglich dienen, nicht wahr?"

John verneigte sich. "Ja, mein Herr".

"So geh denn hin, Bruder. Das Schiff erwartet Dich. Die Männer sind schon an Bord und werden jeden Befehl von Dir ohne Wenn und Aber, befolgen. Gute Reise".

Alle in der Halle hatten sich erhoben und hielten zum Abschied, als letzten Gruß die Schwerter hoch.

John hatte seine Sachen zusammen gepackt und in den Hafen gegangen. Er sah das Schiff und ebenso die Männer die auf dem Deck standen und auf ihn zu warten schienen.

Er ging an Deck und begrüßte die Männer. Er wusste das er auf dieser Reise den einen oder anderen Vertrauten brauchte. So beschloss John sich die Männer genau anzusehen um einen möglichen Kandidaten zu finden. Nachdem er unter Deck nach den Kisten geschaut hatte, gab er dem Kapitän das Zeichen. Das Schiff konnte ablegen.

„Wird etwas benötigt, Herr?" John sah in das Gesicht eines jungen Ordensbruders, der sich vor ihm verbeugte.

„Wie heißt Du?" Fragte John. Der junge Mann sah auf. „Mein Name ist Darius, mein Herr". John war von dem vorbildlichen Verhalten des Mannes beeindruckt. Darius war so groß wie er selbst. Er hatte einen korrekt geschnittenen Bart, der sein Gesicht umrahmte. Seine braunen langen Haare, hatte Darius mit bunten Bändern zusammen gebunden.

„Woher kommst Du, mein Bruder?" John sah ihm fest in die Augen. Er hatte nicht erwartet das Darius dem Blick standhalten würde und war überrascht als dieser es tat.

„Ich bin in der Nähe von Sidon aufgewachsen, Herr. Ich wuchs in einem kleinen Dorf auf und kam in jungem Alter zu Fischern nach Sidon. Dort ging ich Jahrelang der Fischerei nach. Als ich älter wurde, bekam ich Kontakt zu den Brüdern des Ordens, die bei uns ihren Fisch kauften. Dann wurde ich selber ein Bruder des Ordens."

John nickte. Ihm gefiel der Mann. Er hatte in den Augen gesehen, das dieser auch in den schlimmsten Situationen nicht nach hinten weichen würde. Das machte John Mut. Er sah aufs Meer hinaus. Er dachte an das was ihn erwartete.

Die Reise ins Ungewisse hatte begonnen.

Kapitel 4 - Ruf der Vergangenheit

Padre Diego de Costa hastete den Gang entlang. Die ganze Seite der Kirche nahm diesen Weg in Anspruch. Vor einer Tür blieb er keuchend stehen. Das alte Kloster Certosa di Santa Maria di Pesio hatte schon bessere Zeiten gesehen. Gegründet im Jahr 1173 vom Kartäuserorden San Bruno lag das alte Gemäuer im Piemont zwischen Turin und Nizza.

Als ehemals bedeutendes kulturelles und geistiges Zentrum, hatten sich Einige im Schatten der alten Mauern im Laufe der Jahrhunderte niedergelassen.

Inzwischen war es in der Bedeutungslosigkeit verschwunden und kaum einer nahm wahr was hinter den Mauern geschah.

So konnte sich eine alte Bruderschaft hier unbemerkt niederlassen und im Schatten der Berge ihrer Bestimmung nachgehen. Es war eine kleine Bruderschaft, die im Dorf als harmlose Mönche abgetan wurden. Sie bedienten sich gerne der Hilfe von Außerhalb. So konnten sie im Kern eine kleine Gemeinschaft bleiben. Sie waren direkt Rom unterstellt.

Jedoch war die Kommunikation so selten, das es wohl selbst in Rom genug gab, die von der Existenz der Bruderschaft nichts wussten.

„Tritt ein, mein Sohn." Diego schrak zusammen. Er hatte noch gar nicht geklopft oder sich sonst wie aufmerksam gemacht. Schüchternd drückte Diego die alte, schwere Holztür auf. Ein heller lichtdurchfluteter Raum erschien im Türrahmen. Diego betrat das helle und freundliche Zimmer. Es war spartanisch eingerichtet. Ein schwerer Schreibtisch stand an der einen Wand, zwei Holzstühle ein kleiner Tisch in der Mitte und ein Bücherregal an der anderen Seite.

Hinter dem Schreibtisch saß ein älterer Mann in der Robe des Obersten.

Trotz seines Alters sah man ihm an, das er immer noch über einiges an Kraft verfügte. Eine stabile Figur füllte seine Robe.

Der Oberste war Alessio di Marco. Er leitete den Orden jetzt seit 35 Jahren.

Er sah Diego über den Rand seiner Brille an.

„Nun, was kann ich für dich tun, Bruder Diego?"

Diego trat nervös von einem Fuß auf den anderen. „Wir haben unangenehme Neuigkeiten, Vater."

Interessiert und amüsiert sah Alessio ihn an. „Unangenehm?", fragte er. „Fraglich für wen?".

Alessio war schon so lange der Versteher der Bruderschaft und er wusste aus den Aufzeichnungen, etlicher Vorgänger, das es nie etwas interessantes gegeben hatte. Oft hatte er sich gefragt, warum es sie überhaupt noch gab. Der Grund warum es sie gab, war nachweislich nicht mehr vorhanden. Es gab Nachfolger, aber diese stellten absolut keine Gefahr dar. Alessio war sich sicher, das es wieder einmal um Belangloses gehen würde.

Diego nahm die Geste des Obersten an und setzte sich an den kleinen Tisch in der Mitte des Zimmers. Alessio kam um den Schreibtisch herum und setzte sich gegenüber hin.

„Also unser Mann im IT Zentrum hat eine Übertragung abgefangen, Vater", er zog ein Blatt aus seiner Robe hervor.

Alessio nahm das Blatt an und blickte interessiert darauf. Das Blatt zeigte zwei Fotografien. In kürzester Zeit verfinsterte sich seine Miene. "Also doch. Wir hatten es immer vermutet." Er sprang auf und rannte zum Schreibtisch. Hastig riss er den Hörer hoch. „Verbinden Sie mich sofort mit Rom", brüllte er in den Hörer.

Diego saß erschrocken und kreidebleich auf seinem Stuhl. So hatte er den Obersten noch nie erlebt.

Alessio hatte Diego weggeschickt. Zitternd hielt er das Blatt in seiner Hand.

Tausend Gedanken schossen durch seinen Kopf. Wenn das stimmte, waren sie wieder da. Nein. Wenn das stimmte waren sie immer da und hatten sich jetzt gezeigt. Alessio nahm den Hörer in die Hand. „Si, ich bin es, Alessio. Ich denke wir werden reagieren müssen. Sie haben sich gezeigt. Ja, Vater. Sie sind wieder da und wir müssen handeln".

Alessio vernahm die Antwort und legte auf. Er zögerte kurz und nahm den Hörer erneut auf. Er wählte eine Nummer in Lissabon.

Die Sonne war über Lissabon schon untergegangen. Lorenzo Complona zog sich langsam ein schwarzes Hemd an. Heute Abend wollte er richtig feiern gehen. Er hatte sich mit Freunden verabredet um in Lissabon so richtig um die Häuser zu ziehen. In seinem Penthouse über den Dächern der Stadt, konnte man es sich gut gehen lassen. Wer hier die Miete zahlen konnte, der hatte es geschafft. Lorenzo war ein Mann mit vielen Talenten. Offiziell war er Immobilienmakler. Er hatte ein gut laufendes Büro in Lissabon, was ihm richtig viel einbrachte. So lebte er auch gern. Aber er vergaß nie wodurch ihm dieser Lebensstil geglückt war und wem er dadurch eine Menge schuldete. Einst war Lorenzo bei Spezialkräften der portugiesischen Armee ausgebildet worden und hatte vieles aus dieser Zeit nicht verlernt, was sein Gönner gerne und oft in Anspruch nahm. In letzter Zeit war es allerdings ruhig geworden und so gönnte Lorenzo sich etwas von dem Leben was er nach außen hin dar stellte. Lorenzo war der typische Südländer. Längere schwarze Haare, nach hinten gegelt, sportliche Figur und ein sympathisches, markantes Gesicht. Er trug einen 3 Tagebart, welcher ihm auch sehr gut stand.

Frauen waren gerne in seiner Nähe. Ein Umstand den er sichtlich genoss. Binden wollte er sich aber nicht. Er liebte das Party Leben.

Voller Freude drehte er sich zu dem Panoramafenster im Wohnzimmer. Da lag Lissabon.

Mach Dich fertig, ich komme. Der Gedanke verschwand, als ihn das Klingeln des Telefons aus der Feierlaune riss.

„Ja, wer stört?" Lorenzos Laune war in null Komma nix von hoch auf tief geschnellt. Als er hörte wer am anderen Ende sprach, wurde er direkt kleinlaut. „Aber ja Monsignore", er stammelte," Ja Monsignore, natürlich. Wann? Sofort? Alles klar ich mache mich auf den Weg." Das wars mit Party. Lorenzo schmiss das Hemd aufs Bett. Er rief seine Freunde an und fing an zu packen.

Wenn ihn sein Gönner anrief, dann konnte er davon ausgehen, das er in Kürze, Gott weiß wo, unterwegs war. Aber Lorenzo wusste auch, das es ihm nicht zustand, sich gegen den Willen des Gönners zu stellen. Es hatte lange gedauert, bevor er in den Hintergrund der Bruderschaft eingeweiht wurde. Er war damals in den Piemont gerufen worden. Dort hatte er einige Zeit verbracht. Während dieser Zeit, erfuhr Lorenzo alles, was es zu wissen gab. Er war nie sehr religiös gewesen und so bewegte ihn kaum, was ihm zugetragen wurde.

Aber er verstand wie wichtig es für die Bruderschaft war.

Während der Fahrt wurde Lorenzo umfassend informiert. Nachdem ihm alles erklärt wurde, fuhr er schweigend durch die Nacht.

Was kann denn ein Doktor von einer amerikanischen Uni und ein geheimnisvoller Fremder mit altem Namen schon anrichten und wer zum Teufel hatte den Toten zu verantworten? Dachte Lorenzo. Aber noch unerklärlicher war die Ansage, das er lediglich herausfinden sollte was die beiden unternahmen. Er hatte schon einige Aufträge übernommen, aber hier war alles anders. Man hatte ihm die GPS Daten des Amerikaners aufs Handy geschickt. Per Tracking System konnte er nun jeden Schritt des Amerikaners verfolgen.

Lorenzo hatte nichts für Geschichte über und alte Angelegenheiten fand er unwichtig. Aber sein Gönner schien davon besessen zu sein. So hatte Lorenzo ihn am Telefon noch nie erlebt.

Der Amerikaner schien in Soria in Spanien untergekommen zu sein. Laut seinem Handy befand er sich in einem Hotel.

Er hatte von seinem Gönner erklärt bekommen, warum der Fremde beziehungsweise der Name den er benutzte so interessant war. Lorenzo verstand das der Name die Alarmglocken im Piemont aktivierte.

Er entschied sich bis Salamanca zu fahren und dann auf halber Strecke Pause zu machen. Morgen in aller Frühe würde er dann weiter fahren.

So fuhr er schweigend weiter in die Nacht..

Kapitel 5 - Der Fremde

Michael hatte richtig gut geschlafen. Gestärkt saß er nun am Frühstückstisch des Hotels und sah raus in die Morgensonne über Soria. Fast schon tat es ihm leid gleich aufzubrechen und diesen wundervollen Fleck hinter sich zu lassen. Allerdings war die Neugier auf den Fremden zu groß. Endlich wollte er erfahren mit wem er es zu tun hatte und worum es überhaupt ging.

Er checkte aus und der junge Mann an der Rezeption, verabschiedete Michael so überschwänglich, als wäre Michael der Besitzer des Hotels. Michael lächelte noch als er mit seinem Gepäck auf dem Weg zum Parkplatz war. Soria schien noch zu schlafen. Michael lenkte den BMW durch leere Straßen. Einzig vereinzelte Händler fingen an ihre Läden zu öffnen und die Waren vor den alten Fassaden der Häuser aufzubauen. Noch war die Luft klar und angenehm, so dass Michael die Klimaanlage ausgemacht hatte und mit offenem Fenster fuhr. Er wusste, das durch die Hitze, die Luft sehr bald stickig werden würde. Deswegen wollte er noch so lange es ginge die frische

Luft aufnehmen. Er fuhr über die Brücke an der linker Hand die Klosterruine lag, die er gestern besucht hatte.

Soria verschwand im Rückspiegel.

Die Straße führte nun durch eher krage Landschaften. Michael sah Felder und hier und da etwas Baumbewuchs.

Michael hatte Heather wieder im Headset.

„Ich muss mich wirklich an die Zeitumstellung gewöhnen", gähnte sie.

„Was ist denn mit der Uni?", fragte Michael.

„Ach Schatz, ich lass mich vertreten, das hier ist jetzt wirklich spannender", Heather lachte, "außerdem muss ich eh Überstunden abbauen, also alles ok". Michael bewunderte ihre Haltung.

„Du kannst doch jetzt nicht meinen ganzen Urlaub dafür opfern".

Heather klang belustigt. „Naja in diesem Fall könnte ich es schon. Aber ich werde es wohl kaum. Außer Du willst mich jeden Tag im Ohr haben". Er ahnte das Grinsen mehr als er es sah.

„Da hast Du wohl recht".

Eine Weile lang schwiegen sie beide.

„Hast Du denn mittlerweile irgendeine Ahnung was da kommen wird", fragte Heather.

„Leider nein", erwiderte Michael. Er hatte sich noch lange Gedanken gemacht, aber kam zu keinem Ergebnis.

„Warten wir ab bis ich den Typen in Ucero getroffen habe".

„Alles klar", Heather gähnte erneut, „Dann werde ich mich kurz frisch machen und einkaufen gehen. Melde Dich wenn es was neues gibt. Ich bin da".

Michael nickte Gedankenverloren. "Das werde ich", sagte er hastig als er realisierte das Heather das Nicken nicht sehen konnte.

Sie verabschiedeten sich und Michael fuhr weiter in Richtung Ucero.

Gelegen am Ufer des Rio Ucero lag die Stadt.

Eher ein größeres Dorf. Michael hatte sich im Vorfeld schlau gemacht. gerade mal um die fünfzig Einwohner zählte der Ort. Geschichtlich allerdings hatte er einiges zu bieten. Neben dem Castillo de Ucero, benannt nach Juan Gonzalez de Ucero, hatte der Parques natural del Canon del Rio Lobos ebenso einiges zu bieten. Schon im prähistorischen Zeitalter sollen Menschen in den Höhlen der zerklüfteten Bergwelt gelebt haben.

Es gab Gerüchte über eine Komturei der Templer in diesem Gebiet, allerdings nichts handfestes. Auch diese soll aber nach der Auflösung verschwunden sein. Michael hatte absolut keine Ahnung um was es hier ging.

Michael fuhr zu seinem neuen Hotel. Hotel rural el Balcon del Canon.

Diese kleine unscheinbare, aus alten Steinen gebaute Gebäude passte in diese Gegend. Es war kein Vergleich zu dem ausgeprägten modernen Gebäude in Soria.

Aber Ucero war auch nur ein Bruchteil von der Größe, im Vergleich zu Soria.

Eingebettet in die Bergwelt des Parque natural del Cañón del Río Lobos, machte das kleine Dorf einen friedlichen Eindruck.

Michael bezog sein Zimmer. Es war modern und sauber. Michael sah sich verwundert um. Diesen Standard konnte man von außen nicht einmal erahnen. Er nickte bewundernd.

Er hatte mit Heather ausgemacht, das er sein Handy auf dem Zimmer lassen würde um mögliche Verfolger erstmal nicht auf seine Fährte zu bringen. Er würde sich dann nach seinem Termin bei ihr melden.

Der Treffpunkt war das La Parrilla de San Bartolo. Ein schickes und sehr gemütliches Restaurant welches Michael ohne Mühe fußläufig erreichen konnte. Er musste gerade mal aus dem Hotel über die Brücke die den Rio Ucero und dann rechts Richtung Ortsausgang.

So beschloss Michael, den Wagen stehen zu lassen und zu laufen. Hier war ja nichts weit entfernt. Außerdem tat ihm das Laufen auch mal gut.

So trat er aus dem Hotel und lenkte den Schritt in Richtung der Brücke. Freundliche Menschen die ihm zunickten traf er auf seinem Weg. Auf der Brücke blieb Michael stehen und genoss die Ansicht des Dorfes und der umliegenden Bergwelt.

Ein paar Minuten später setzte er seinen Weg fort. Er kam auf die Straße hinter der Brücke.

Auf der linken Seite lag das Restaurant.

Es war passend zu den anderen Gebäuden des Dorfes in hellem Stein gebaut und machte einen Schmucklosen und einfachen Eindruck. Vor der Tür standen ein paar einfache Tische und Stühle, denen man aber schon vertrauen musste. Michael grinste. Er was die auffälligen und mit Lichtern geschmückten Pubs in Kalifornien gewohnt. Die das neueste vom Neuesten hatten und die super modern waren. Das ließ die Szenerie hier sehr spartanisch wirken.

Michael betrat das Gebäude. Kurz mussten sich seine Augen an die wechselnden Lichtverhältnisse gewöhnen. Das Restaurant war urig. Allerdings hatte man darauf Wert gelegt, dass genug Licht einfiel und so war das Ambiente wirklich sehr angenehm gestaltet.

Die Tisch Dekorationen waren hell gehalten und vermittelten etwas antiken Touch.

Michael schaute sich um.

Weiter hinten an einem Tisch in der Ecke konnte Michael eine Gestalt erkennen. Da zu dieser Tageszeit bis auf zwei Gäste an der Theke keiner im Raum war, vermutete Michael dort seinen Gastgeber.

Michael nickte dem sichtlich gelangweilte Wirt zu.

Er ging äußerlich ruhig auf den Mann zu. Dieser hing vertieft über einem Tablet PC. Michael nahm an das der Mann in seinem Alter war. Kurze blonde Haare und eine Brille waren alles was Michael von ihm sehen konnte. Der Mann war in ein kariertes Hemd gekleidet und hatte eine beige Cordhose an.

Aber ich bin der übliche Uni Dozent, dachte Michael und musste grinsen.

Da dachte er wieder an das Foto der gekennzeichneten Leiche und das innerliche Grinsen verschwand.

„Pardon?", Michael stand jetzt vor ihm. Der Mann schrak hoch.

„Herrgott haben Sie mich erschreckt". Der Mann stand jetzt vor Michael. Er war gut einen Kopf kleiner als Michael. Trotz des unrasierten Gesichts und der fragwürdigen Kleidung, war der Mann charismatisch.

„Setzen wir uns", er deutete Michael mit der Hand an sich hinzusetzen.

„Also", Michael räusperte sich, "warum sind wir hier und wer zum Teufel sind sie eigentlich?"

„Natürlich", man merkte ihm die Nervosität an. „Mein Name ist Amado Waldo. Ich dachte nur wenn ich einen Alias wähle, den sie direkt zuordnen können, hätte ich ihre Aufmerksamkeit".

„Na die haben sie ja jetzt", Michael grinste. Er hatte sich viele Male ausgemalt wie das hier ablaufen würde und wie der Fremde rüber kommen würde. So war es allerdings nie.

„Also, was sollte das mit den Fotos und wieso treffen wir uns hier in diesem abgelegenen Teil von Spanien?"

Waldo hatte scheinbar seine Nervosität im Griff. Viel ruhiger fing er an zu berichten.

„Also erst einmal möchte ich mich dafür entschuldigen, Ihnen solche Strapazen aufgebürdet zu haben. Nach dem Vortrag in Yale zum Thema Templer, brauche ich Ihnen kaum etwas über diese zu berichten. So wissen sie auch, das die Templer angeblich nach ihrer Auflösung 1312 beziehungsweise nach der Hinrichtung ihres letzten Großmeisters Jaques de Molay im Jahr 1314, von der Bildfläche verschwanden." Er verschwendete keine Zeit und kam anscheinend direkt auf den Punkt. Das bewunderte Michael.

Michael nickte. Sie hatten sich in der Zwischenzeit etwas zu trinken bestellt.

„Aber das war nicht alles", Waldo fuhr fort, "Niemals konnten ihre Schätze gefunden werden und keiner konnte jemals herausfinden was sie unter dem Berg gefunden hatten".

Michael winkte ab, „Naja das sie etwas gefunden haben, ist ja mehr eine Sage als Realität".

Amado nickte, „Das glauben viele. Ich kann ihnen das nicht verdenken. So hatte ich auch gedacht. Ich fand während einer Ausgrabung in Frankreich eine Kammer in einer alten Klosterruine. Diese wurde zur damaligen Zeit den Templern zugeordnet, konnte aber nie bestätigt werden."

Michael sah Amado an, „Sie sind Archäologe?"

Amado nickte, "Studiert in Madrid. Danach tätig am Archäologischen Institut von Madrid. Durch die enge Zusammenarbeit mit der Fakultät in Paris wurde ich ins Languedoc geschickt". Amado nahm einen Schluck bevor er fortfuhr, „Jedenfalls wurden in dieser Kammer etliche Artefakte und Dokumente geborgen. Dort wurde auch das Dokument mit dem Siegel gefunden, was ich ihnen geschickt habe".

Michael sah ihn an. „Und was stand jetzt genau in diesem Dokument?"

Amado sah Michael an, „leider war nicht alles zu entziffern, aber es wurde auf einen Ort bei Ucero hingewiesen und das Jahr war mit 1348 angegeben. Außerdem wurden noch einige Orte angeben, welche wir noch am

entziffern sind. Aber zumindest haben wir die Richtungen mit Schottland, England, Deutschland und Nova Scotia in Verbindung gebracht.

Auch ist von einem bestimmten Paket einer speziellen Fracht die Rede. Man kann im Augenblick nur vermuten was genau dahinter steckt".

Michael sah ihn ernst an, „Und wer ist der Verfasser dieses Dokumentes?"

Amado zuckte mit den Schultern, „Das wissen wir zur Zeit leider auch nicht."

„Und wieso genau sitzen wir dann hier in Spanien rum?", Michaels Stimme verriet das er leicht die Geduld verlor.

„Also", begann Amado, "in dem Skript ist von einem Ort in der Nähe von Ucero die Rede".

„Aber hier ist nichts und außer der Überlieferung nach eine kleine Komturei ist auch von den Templern hier nichts wirklich nachgewiesen oder überliefert".

„Wir werden sehen, Michael", sagte Amado.

„Also, die Orte, Nova Scotia wurde da erwähnt?"

Amado schüttelte den Kopf. „Nicht direkt aber es ist von einem Land das weit westlich von Schottland liegen soll die Rede. Noch hinter den bekannten Ländern der damaligen Zeit. Und wenn man es sich auf der Karte anschaut, trifft man direkt auf Kanada und die Region von Nova Scotia."

Michael schaute ihn ungläubig an. „Fast zweihundert Jahre vor Kolumbus? Also, ich meine, es ist ja bekannt und so gut wie nachgewiesen, das die ersten in Amerika die Wikinger waren. Aber dann auch noch die Templer? Das wäre wirklich Sensationell."

Amado lächelte. „Ja da muss dann wohl die Geschichte umgeschrieben werden. Wir sollten uns aufmachen", er wollte aufstehen.

„Moment", Michael schaute Amado ernst an. „Wir müssen noch über das zweite Bild reden".

Amado nickte ernst und nahm wieder Platz. „Ja ich dachte mir das Sie es ansprechen würden". Michael nickte ernst, als Waldo fortfuhr. „Es war ein Mitglied unserer Ausgrabung. Eines Tages, wir kamen gerade an der Ausgrabungsstelle an, fanden wir den Ausgrabungshelfer, sein Name war Jean de Clerke. Er lag genauso in der Kammer die wir frei gelegt hatten".

Michael hörte aufmerksam zu.

„Wir hatten keine Ahnung was dies zu bedeuten hatte. Aber in einer Kammer, wo definitiv Templer Dokumente gefunden wurden, solch eine Tat? Das ist einfach zu unwahrscheinlich das hier kein Zusammenhand besteht". Michael nickte.

Je mehr Zeit verging, desto weniger hielt Michael, Waldo für einen Mörder. Aber wie sah ein Mörder aus? Er kannte Berichte wo die Rede war von dem netten unauffälligen Nachbarn, dem man so etwas niemals zugetraut hätte. Michael beschloss sehr vorsichtig zu sein.

„Also ist da noch wer dran?", fragte Michael. Amado wiegte den Kopf hin und her. „Wer weiß, aber es scheint das der Fund auch andere auf den Plan gerufen hat".

„Na dann schauen wir mal", Michael stand auf, "Was hier zu finden ist".

Sie zahlten und gingen hinaus.

Lorenzo schaute durch die Windschutzscheibe. Seit drei Stunden stand er nun vor diesem Hotel in Ucero herum. Auf der Fahrt von Salamanca nach Soria hatte ihm das Tracking Tool verraten das der Amerikaner sich auf den Weg woanders hin gemacht hatte. Er folgte dem Signal und landete schließlich hier in Ucero.

Was für ein Nest, dachte Lorenzo verächtlich. Er konnte sich nicht vorstellen was den Amerikaner hierher geführt haben sollte.

Laut seinem GPS Signal war der Amerikaner nun im Hotel.

Will der das Ding auch mal verlassen? Lorenzo begann unruhig zu werden.

Sein Handy meldete sich. „Ja Monsignore?". Lorenzo war gespannt. „Wir haben ein anderes Signal was wir verfolgen aus einem Restaurant in der Nähe erhalten. Schauen sie dort nach. Der Amerikaner scheint zu wissen das ihm jemand folgt."

Lorenzo fluchte leise. Wie konnte ihm ein Uni Doc entkommen?

„Si, Monsignore", zischte er, „bin auf dem Weg".

Irgendwie hatte es sein Gönner geschafft und ihm das andere Signal aufs Handy kommen lassen.

Innerhalb einer Minute hatte er das Restaurant erreicht. Lorenzo parkte den Wagen. Er atmete tief durch und stieg dann aus dem Auto. Langsam, die Umgebung in Augenschein nehmend, ging er auf das Gebäude zu. Auf der Straße war kein Mensch zu sehen.

Auch seine Augen mussten sich an die Umstellung gewöhnen, als er in das Restaurant trat. Außer zwei Dorfbewohnern schien das Lokal leer zu sein.

Lorenzo wand sich dem Wirt zu. „Entschuldigen Sie, aber ich suche zwei

Freunde. Einer ist Amerikaner". Lorenzo hatte sein bestes Lächeln aufgesetzt.

Der Wirt sah in unbeeindruckt an. „Da kommen sie zu spät, Senior. Die sind vorhin schon wieder weg gegangen".

„Ah", nickte Lorenzo, „Wissen sie zufälligerweise wohin die beiden wollten?"

„Tut mir leid, aber das haben sie nicht gesagt und ich habe sie nicht gefragt".

Lorenzo nickte. Das wäre auch zu schön gewesen.

Da er eh nichts ausrichten konnte, beschloss Lorenzo etwas zu essen und zu trinken. Lorenzo würde sich dann Gedanken machen wie er weiter vorgehen würde.

„Sind sie sicher dass wir richtig sind, Waldo?"

Michael stiefelte Amado hinterher. Sie waren von Ucero aus in Richtung Nordost gelaufen. Irgendwann bogen sie in eine Schlucht ein die Michael endlos erschien. Der Rio Lobos lief neben dem Weg lang. Mit den Bäumen und dem Fluss machte die Kulisse auf Michael einen paradiesischen Eindruck. Allerdings ließ die Hitze die Luft in der Schlucht stehen und den beiden lief der Schweiß in Strömen runter. Die Mücken aufgrund des nahen Gewässers, machten die Lage auch nicht besser.

„Meinen Informationen nach, soll hier am Ende eine einsame Einsiedlerkirche stehen".

Michael blieb stehen und sah Amado erstaunt an.

„Also irgendwo im nirgendwo steht eine Kirche und wir gehen jetzt warum genau unbedingt dorthin?"

„Unseren Informationen nach, soll es dort recht interessante Zeichen und Hinweise geben. Wo wir schon hier sind, können wir uns diese auch genauso gut einmal anschauen".

Michael hob die Schultern. Wo er recht hatte. Der Weg durch die Schlucht war lang und Michael dachte schon sie würden Spanien durchqueren als sie um eine Kurve bogen und die Schlucht sich öffnete. Eingehüllt in ein Bergmassiv lag die kleine Kirche. Wie angeschmiegt an den Berg stand die Kirche in hellbraunem Stein dort. Man konnte fast annehmen das sie sich tarnen wollte. Eins machte Michael stutzig. Diese Kirche hatte einen Vorbau und quer dazu das Kirchenschiff. Eine klassische Kirche sieht von der Architektur her anders aus. Michael war sich fast sicher, das der Ursprung niemals eine Kirche sein sollte. Das war interessant. Ebenfalls der Standort.

Verdammt, dachte Michael, *ein verdammt guter Platz, wenn man unentdeckt bleiben will.*

„Also eins muss ich Ihren Quellen lassen, für eine Überraschung sind die gut".

Amado lachte, „Naja zumindest hätte ich das hier auch nicht erwartet".

Sie gingen näher an die Kirche heran. Michael sah plötzlich hinter der Kirche Höhlen im Berg.

„Sehen sie das?", er sah zu Amado und deutete auf die Höhlen.

Waldo sah die Höhlen und schaute verwundert zu Michael rüber.

„Das sieht ja aus wie eine Festung. Abgesichert zu allen Seiten".

Michael nickte. „Hier führt nur ein übersichtlicher Weg rein und hinter der Kirche im Berg kann man sich wunderbar verschanzen".

„Oder etwas lagern oder verstecken", murmelte Amado.

Michael war fasziniert von dieser Kulisse.

„Also Amado, eins muss ich sagen, egal ob wir hier etwas fin…", Michael blieb der Satz im Hals stecken. Er hatte etwas gesehen was ihn traf wie ein Schlag.

„Michael?", Amado ging auf den Amerikaner zu. Er sah dessen aufgerissene Augen.

„Michael? Ja was haben Sie denn? Sie sehen aus als hätten sie einen Geist gesehen".

„Amado? Amado sehen sie", keuchte Michael und zeigte auf die Kirche, „sehen sie sich das Fenster dort oben an". Amado folgte Michaels Finger und erbleichte.

In dem Vorbau rechts neben dem Haupteingang war im oberen Viertel ein rundes Fenster mit Verzierungen zu erkennen. Dieses hatte Michaels Blick gebannt.

„Ich sehe es", hauchte Amado ehrfürchtig, „ Michael, wissen Sie was das heißt? Das heißt sie waren wirklich hier."

Michael nickte. „Das in einer Rose liegende Pentagramm war eins der unverkennbaren Zeichen der Templer. Die Rose von Jerusalem und das Schutzzeichen des Pentagramm waren einfach zu unverkennbar. Auch wenn in modernen Denkweisen das Pentagramm als Zeichen des Teufels hingestellt wurde, so war es doch ursprünglich eher das Gegenteil.

„Wir müssen jemanden finden, der uns dazu was sagen kann", Michael drängte zur Eile.

Amado versuchte mit Michael mitzuhalten.

„Warten sie", Amado schnappte nach Luft.

„Wir müssen herausfinden wann diese Kirche genutzt wurde".

Das sah Michael genauso. „Das ist richtig", stimmte er Amado zu. „Ich hoffe nur das wir einen finden der uns das sagen kann".

Sie betraten die Kirche. Die Architektur war Michael und Amado nicht unbekannt. Vieles ließ auf die früheren Arbeiten der Templer Schließen.

Michael sah sich um. Nirgends sah er einen Priester oder sonst wen den er diesem Ort zuordnen konnte.

Der Innenraum war gut als spärlich zu bezeichnen einige Bänke aus Holz sowie ein kleiner unauffälliger Altar am Ende das wars. *Wenigstens ist es hier schön kühl,* dachte Michael.

Vereinzelt schlenderten Touristen durch das Kirchenschiff. Auf dem Steinboden hallten die Schritte der Besucher laut wieder. Ebenso warfen die Steinwände das Tuscheln als lautes Rauschen wieder zurück.

Michael blieb stehen. „Amado", flüstere er. Amado drehte sich um. „Sehen sie, hier an der Säule".

Amado sah sich die Säule an. „Sie haben recht. Hier das Symbol. eine Sechser Rosette eingebettet in eine vierer. Ich denke hier ist mehr dahinter als man von außen vermuten mag", Michael nickte.

„Es sollte nicht mit rechten Dingen zugehen, wenn die Templer nicht hier gewesen sind", flüsterte Michael.

Im Halbdunkel des Seitenschiffs sah Michael eine Bewegung. Ein alter Priester huschte dort lang. „Padre?" Michael hatte er lauter gesprochen als er wollte. Der Priester war wie erstarrt stehen geblieben. „Entschuldigen sie Padre", Michael hatte seine Stimme wieder gesenkt, „Wir würden ihnen gerne ein paar Fragen zu dieser überaus interessanten Kirche stellen".

„Padre?", Amado trat heran. „Padre es geht um die frühen Jahre dieser Kirche. Wir haben hier einige Symbole gesehen die uns darauf schließen lassen das vielleicht Templer hier waren. Uns würde interessieren wann sie das letzte Mal hier waren?".

Der Priester sah sie lange an. „Also da kann ich Ihnen vielleicht weiter helfen, meine Herren. Der Priester schien lockerer zu werden, „Aus alten Überlieferungen wurde berichtet das nach dem Erlass durch Papst Clemens V. im Jahre 1312, also nach dem der Orden aufgelöst wurde, nicht alle Templer in Kerkern saßen".

Michael nickte. „Das ist wahr", stimmte er dem Priester zu, „Allein durch die Sympathien durch den Papst von Avignon waren die Templer in Spanien und Portugal geschützt".

Der Priester nickte, „Genau und dadurch waren sie in diesen Landen auch länger vertreten. Aber ich denke, was sie interessiert, ist erst viele Jahre nach den Templern geschehen".

Michael und Amado horchten auf.

Sie folgten dem Priester, der sie in eine abgelegene Ecke führte. Abgelegen von den anderen Touristen deutete er auf zwei Kirchenbänke wo sie sich niederließen.

„Neben den schriftlichen Überlieferungen, gibt es natürlich auch mündliche. Schon seit Jahrhunderten wird eine Geschichte von einem Priester an den nächsten wiedergegeben".

Michael und Amado hörten gespannt zu und wagten es kaum zu atmen.

„Im Jahre 1291 anno Domini, erreichte an einem späten Abend eine ganze Karawane die Kirche. Es waren an die achtzig Ritter und eine Unmenge an Kisten die vor den Toren standen. Sie erbaten Einlass und ebenso die Möglichkeit die Kisten in den Höhlen unterzubringen. Der Priester der damals im Tor stand erzählte seinem Nachfolger viele Jahre später, dass er das Gefühl hatte als würden die Männer sich hier bestens auskennen. Schon in den nächsten Tagen, ritten knapp fünfzehn Ritter weiter. Wohin weiß keiner. Aber was den Priester verblüffte, war die Tatsache das die Ritter für alles sorgten. Der Priester musste sich um nichts kümmern und sie sorgten sogar für notwendige Reparaturen, sowie Verschönerungen der ursprünglichen Kirche".

Michael sah Amado an. „So bekamen sie die Zeichen an die Kirche".

Amado nickte zustimmend. „Für alle die nach ihnen kommen mögen".

„Fahren sie fort" lud Michael den Priester ein.
„Natürlich", stimmte der Priester zu.

„Also in den nächsten Monaten, saßen die Ritter oft zusammen, berieten sich wohl und entwarfen eine Unmenge an Dokumenten.
Sie blieben lange. Sehr lange.
Immer wieder gingen und kamen Männer mit Kisten.
Es war ein reges Hin und Her zu dieser Zeit.
Dann und ohne Vorwarnung, es war im Jahr 1328, fingen sie an Pferde zu beladen und kleine Trupps loszuschicken. Es dauerte fast anderthalb Jahre bis die letzte Kiste die Höhlen verließ".

Der Priester beugte sich zu ihnen, „Allerdings war die letzte Fuhre wohl auch die wichtigste".

Er sah die beiden verschwörerisch an. „So wie es überliefert wurde, wurde die letzte Fracht mit allen noch verbliebenen und zurück gekehrten Rittern transportiert. Fast fünfzig Ritter begleiteten den Transport. Aber sie hatten alles natürlich auch schriftlich festgehalten. Begleitet wurde der Transport von einem der, ich sage mal Anführer. Einem gewissen John St.Claire ".

Michael zog pfeifend die Luft ein. Das war unglaublich. Der Clan der Sinclairs, damals auch als St. Claire dargestellt, waren eine den Templern zugeneigte Familie aus dem Norden von Schottland. Michael kannte die Geschichten von John Sinclair, der aus Akkon nach Europa kam. Dann verliert sich die Spur. Sein Nachkomme, vielleicht auch Sohn Henry, soll dann aus dem Süden nach Schottland gekommen sein. Die Legende erzählt das er mit einer Flotte nach Westen aufgebrochen sein sollte und sogar bis Kanada gesegelt war. *Wenn das stimmt,* ging Michael durch den Kopf. Der Priester entspannte sich, "Allerdings ist das durch Jahrhunderte weitergegebene Geschichte und keiner weiß mehr wie diese am Anfang sich angehört hat".

Michael stimmt zu. „Verständlich. Allerdings glaube ich, das hier in dieser entlegenen Region nicht sehr viele an dieser <<stillen Post>> teil gehabt haben. So dass wir davon ausgehen können das der Kern weitestgehend unverfälscht sein dürfte. Und wenn ich mir das Gebäude und die Höhlen dahinter anschaue, dann passt das Alles sogar sehr gut zusammen." Der Padre nickte.

Michael war in seinem Element. „Padre? Was genau ist denn mit all den Dokumenten passiert?".

Der Priester sah Michael an. „Nun, ein paar sind wohl hier aufbewahrt worden. Andere wurden mitgenommen und bei der

Übernahme der Kirche nach den Templern sind wohl auch einige dem Feuer zum Opfer geworden. Die verbliebenen wurden im letzten Jahrhundert nach Madrid in die Archäologische Fakultät gebracht und dort ins Archiv gelegt".

Michael sah zu Amado rüber. „Und lass mich raten, davon wusstest Du jetzt nichts?".

Amado schüttelte den Kopf. „Das ist selbst mir jetzt neu", sagte er.

Auf dem Rückweg schwiegen beide. Jeder war mit seinen eigenen Gedanken beschäftigt.

Kapitel 6 - Spanien 1291 a.D.

Heiß brannte die Sonne nieder. John stand an Deck und auf die Reling gelehnt.
Er sah auf den Hafen von Tarragona. Geschäftiges Treiben sah John nur im Hafen. Die kleine Stadt dahinter lag ruhig in der Mittagssonne. Die meisten hatten wohl den kühlenden Schatten gesucht. Langsam glitt das Schiff an den Kai. Direkt kamen Männer angerannt und nahmen die Seile in Empfang, die vom Schiff aus in Richtung Kai geschmissen wurden. Als es vertäut war, kamen vier Männer an Bord. Die Zeichen auf Ihrer Kleidung zeigte das sie dem Orden angehörten. Sie verneigten sich vor John. "Ich bin Sergio. Wir sind aus Lleida und haben Kunde erhalten, das ihr Pferde braucht. Ich habe den Auftrag Euch alles zu geben, wonach ihr verlangt."
Sergio war ein kleiner hagerer Kerl. Er kam aus der Festung in Lleida. Unter dem Schutz von Jacob II., konnte der Orden sich in der Festung von Lleida in Ruhe wähnen. Schon sein Vorgänger, Alfons III., war dem Orden zugetan. John sah das Glitzern in Sergios Augen und wusste das dieser ein kluger

Mann war. Ihm fehlten zwei Schneidezähne, was ihn noch verwegener aussehen ließ.

John verneigte sich. "Ich danke Dir. Wir haben auf der Reise geruht und brechen sofort auf. Ich brauche noch ein paar Männer. Zu wichtig ist die Fracht."

Sergio nickte. „Natürlich. Ich kann Dir weitere dreißig Mann geben und hundert Pferde."

John nickte. Das sollte reichen.

Sie gingen von Bord. Es dauerte bis die Ladung aus dem Bauch des Schiffes gebracht wurden. Es war schon spät am Tag, als sie aufsitzen konnten und der Tross sich in Bewegung setzte. Langsam ritten sie aus der Stadt. Sie hatten keine Eile. Wichtig war, das der Ladung nichts passieren würde. Außerhalb der Stadt stießen weitere Brüder zu der Gruppe.

Sie brauchten mehr als dreißig Tage um das fünfhundert Kilometer entfernte Ucero zu erreichen. John hatte eine Karte mitbekommen, nach der am Rio Lobos eine alte Komturei lag. Sie war einmal im Besitz der Templer gewesen. Wurde aber vor einiger Zeit den Christen übergeben. John wusste, aus Erzählungen, das hinter der Komturei Höhlen im Berg lagen, die für sein Vorhaben perfekt waren.

Sie kamen am Fluss Duero an einem Kloster vorbei. Sie erkannten die Ordenszeichen und wussten das hinter den Mauern Brüder lebten. *Gut zu wissen,* dachte John. Falls er etwas benötigte, konnte er hier bestimmt Unterstützung erhalten. Ein Stück weiter führte eine Brücke über den Fluss. Sie sahen ein paar Höfe die ruhig in der Abendsonne da lagen. John war sich sicher, das sie hier kaum einer finden würde. Bestärkt wurde seine Vermutung als sie in eine Schlucht einbogen und ein weiterer Fluss sich neben ihnen her schlängelte.

Es dämmerte schon als die Karawane in der Schlucht ankam. John schickte Darius vor. Darius war ein junger Mann. Ungefähr in John's Alter, war Darius während der Reise ein guter Vertrauter geworden. Für Darius standen die Belange des Ordens an oberster Stelle. Er sah in ihrem Auftrag etwas heiliges. Ohne zu wissen was sie genau transportierten, eine Information die nicht einmal John besaß, würde Darius alles machen, was dem Orden helfen könnte. Diese Einstellung ließ John auf ihn aufmerksam werden. Im Gegensatz zu John, trug Darius sein Haar kurz. Es war blond und nach hinten gelegt. Er war ein sympathischer Zeitgenosse und John mochte die abendlichen Gespräche mit Darius.

Nach kurzer Zeit kam Darius zurück. "Der Padre freut sich uns als Gäste begrüßen zu dürfen.

John nickte und ritt auf die Kirche zu. Die Einsiedlerkirche wurde nur von drei Mönchen bewohnt. Sie war zu entlegen um zu denken das hier ein reger Zulauf herrschen würde. Noch am selben Abend. Teilte er Darius seine Pläne mit.

"Einfach Abwarten?", fragte Darius verwundert. John nickte. "Wir müssen in den Höhlen Verstecke entwerfen und die Ladung sicher dort vor Zugriffen schützen."

Darius sah zu Boden. „Wie lange werden wir hier bleiben?"

"Ich weiß es nicht. Es gibt viel zu tun und ich werde es erfahren. Thibaud versprach das er einen Boten schicken würde, wenn es neue Befehle gibt."

Darius stimmte zu und begann die Arbeiten zu planen.

Die nächsten Wochen waren geprägt von schwerer Arbeit. Sie bauten Räume in die Höhlen und verkleideten sie von außen so, das sie wie ein Teil der steinernen Wände der natürlichen Höhle aussahen. John war erst zufrieden, wenn er selber Schwierigkeiten hatte den Unterschied zu sehen. Der Tagesablauf war dabei immer derselbe. Früh Morgens traf man sich mit den Priestern zum Gebet. Dann wurde gegessen und die Arbeit begann. Mittags ruhte man sich aus, nahm ein Mal zu sich und dann ging es weiter bis die Sonne sich senkte. Dann gab es ein weiteres Essen, es wurde wieder gebetet und dann legte man sich nieder.

Es war Monate später, als ein Trupp Ordensbrüder eintraf. John und seine Brüder waren dabei, die Kirche auf Vordermann zu bringen. Er saß in dem runden Fenster der Front des Turmes, als er die heran reitende Gruppe erblickte. Es waren acht Männer. Alle hatten die Kapuzen ihrer Gugel ins Gesicht gezogen. Vor der Kirche blieben sie stehen und der Vorderste sprang von seinem Pferd.

„Seid gegrüßt", rief er zu John hoch.

John winkte. „Ich grüße Euch, Brüder. Legt ab und tretet ein. Es ist schön Euch zu sehen". John kletterte das Gerüst herunter. Unten angekommen, waren die Männer schon abgestiegen und traten auf das Portal zu.

„Ich bin Paolo", derjenige der eben schon gesprochen hatte stand vor John. „Wir würden uns gerne ausruhen. Wir sind seit Wochen unterwegs und haben noch eine lange Reise vor uns."

John nickte und zeigte den Männern an ihm zu folgen.

Als die Männer sich hingelegt hatten, ging John zu Darius.

„Na, unser Besuch gut untergebracht?"
Darius war über einige Dokumente gebeugt".
„Sicher", John sah auf die Dokumente. „Dein
Leben als Skript?", fragte er lachend. Darius
schüttelte den Kopf. „Eine
Bestandsaufnahme und hier drüben", er
zeigte auf einen anderen Stapel, „Hier
schreibe ich unsere Geschichte auf. Für die
Brüder die irgendwann einmal nach uns
kommen sollten."
John nickte anerkennend. „Schau doch mal
ob wir Wasser für unsere Brüder haben, ich
schau mir das hier noch einmal an."
„Gerne", antwortete Darius und verschwand.
John beugte sich über die Dokumente und
schaute was Darius aufgeschrieben hatte.
Er hörte Schritte hinter sich.

Einer der Brüder trat heran. Eine Kapuze
verdeckte das Gesicht. John sah nicht
einmal auf. Über den Dokumenten gebeugt
fragte er; „Was kann ich für Dich tun?"
„Kommt drauf an was ein Mann braucht,
John". John war aufgesprungen. Die Stimme
kannte er nur zu gut. Er hätte nicht Der Mann
zog langsam die Kapuze zurück und vor
John stand. Thibaud.

„Ihr, hier?", stammelte John. „Ich wähnte
Euch in Sidon".

Thibaud lächelte. „So soll es auch sein, mein Freund. Eigentlich ist Thibaud auch offiziell dort und bereitet die Verteidigung vor". John verstand die Welt nicht mehr.

Er sah Thibaud genauer an. Die Strapazen der Reise konnte John in seinem Gesicht erkennen. Thibaud war nach dem er sich mit den anderen besprochen hatte, heimlich aufgebrochen.

„Aber. Wieso?" Thibaud ließ sich auf einen Stuhl fallen. „Sagen wir mal so, wir wussten das Du die Aufgabe bewältigen kannst. Aber ich muss hier ebenfalls eine Aufgabe erledigen. Diese kannst Du mir nicht abnehmen."

John stand immer noch am Tisch. „Was wird denn nun? Wie lange werden wir hier bleiben?"

Thibaud hob die Schultern. „Das kann ich Dir nicht sagen. Es wird lange Zeit dauern die Besitztümer und Artefakte des Ordens so zu verteilen, das unsere Widersacher nicht davon profitieren können. Ich werde morgen aufbrechen. Ich lasse Dich wissen wenn es neue Befehle gibt." John nickte.

Thibaud lehnte sich zurück. „Wo bleibt der Wein und wie ist es Dir ergangen?"

John holte eine Karaffe und zwei Becher. Bis spät in die Nacht saßen die beiden Freunde zusammen und sprachen.

Am nächsten Morgen in aller Frühe, verabschiedete er Thibaud und sah zu wie er mit vier anderen Brüdern aus der Schlucht ritt.

Es schmerzte John seinen Freund und Mentor so schnell wieder ziehen lassen zu müssen.

Sie würden sich nicht wiedersehen.

John drehte sich um und sah die Kirche lange an. Er fragte sich erneut, von welcher Dauer sein Aufenthalt sein würde.

Er konnte nicht ahnen das er hier nie wieder weg kommen sollte.

Kapitel 7 - Ein weiter Weg

Lorenzo hatte sich ebenfalls in dem Hotel eingecheckt. Nachdem er bestätigt bekam, das kein Signal zur Verfügung stand, entschloss er kurzerhand in dem Hotel auf die Rückkehr zu warten.

Da er sowieso Zeit hatte, ließ Lorenzo bei einem leckeren Essen, die Gedanken schweifen.

Er konnte einfach nicht nachvollziehen was an den beiden Typen so interessant sein sollte. Es war auch noch nie vorgekommen, das sein Gönner sich so nebulös ausdrückte. Keine Informationen. Einfach nur herausfinden was die beiden trieben.

Was bitte sollen die schon treiben und wen zum Teufel interessiert das?

Lorenzo nahm einen Schluck Kaffee. Er hatte sich so auf der Terrasse des Hotels platziert, das er die Straße hinunter bis zur Brücke blicken konnte. So konnte er sicherstellen, dass er die beiden nicht verpassen würde.

Es war später Nachmittag und Lorenzo hatte das Gefühl, er hätte die Getränkekarte komplett durch, als er zwei Männer erblickte.

Er schmunzelte über das ungleiche Paar. Der Eine war klein, hager und sah aus als hätte sein Modeberater sich einen Scherz erlaubt.

Der andere war größer und hatte eine durchtrainierte Figur. Lorenzo nickte anerkennend. Der größere schien der Amerikaner zu sein. Einen Uni Dozenten hatte er sich allerdings anders vorgestellt.

Lorenzo beschloss zu warten.

Beim näher kommen konnte er hören was die beiden besprachen.

"Ich werde mich kurz frisch machen, dann können wir uns…", der größere sah sich um, „na, treffen wir uns einfach hier und essen erstmal". Der kleine nickte.

Sie traten ins Hotel. Lorenzo beschloss ein wenig spazieren zu gehen und sich danach zufällig in die Nähe der beiden zu setzen.

Er stand auf.

Michael stand unter der Dusch und fasste für sich zusammen, was sie jetzt hatten und wie es weitergehen sollte.

Am Ende kam er zu dem Entschluss, das egal was sie hatten und vermuteten, sie würden nach Madrid reisen müssen.

Er beschloss sich mit Amado abzustimmen.

Er fragte sich auch, welches Ziel Amado verfolgte. Klar er hatte ein Dokument gefunden. Aber reicht das umso engagiert dahinter her zu sein? Dann war da noch der

Mord an dem Ausgrabungshelfer. Was hatte es damit auf sich?

Michael fiel sein Handy ein.

„Heather? Ah gut. Ich habe keine Ahnung was hier wirklich los ist. Anscheinend sind wir hinter der Entwicklung nach der Auflösung der Templer her. Aber ob das zielführend ist, kann ich absolut nicht einschätzen. Frage mich eh, ob dieser Trip die richtige Entscheidung war."

„So pessimistisch habe ich dich ja noch nie erlebt", Heather klang besorgt.

Michael erzählte ihr wie der Tag verlief.

Heather hörte schweigend zu und als Michael geendet hatte, erwiderte sie, „Also ich hatte mich in der Zwischenzeit mal mit der Materie vertraut gemacht. Fakt ist, das es etliche Gerüchte gibt was alles nach der Auflösung passiert sein soll. Allerdings gibt es nicht einen Beweis. Sollte also eure Suche dazu führen das auch nur einige Gerüchte bestätigt werden können, dann wäre das ein absoluter Durchbruch in der Geschichte".

Michael war beeindruckt. „Ich kann kaum glauben, dass du dich die ganze Zeit mit dieser Geschichte beschäftigt hast. Frag mich nochmal warum du Single bist", Michael war froh das sie das breite grinsen nicht sehen konnte.

„Dito", Heathers Stimme ließ erahnen das sie schmollte.

„Auch wieder wahr", Michael versuchte so versöhnlich wie möglich zu wirken.

„Das würde bedeuten das wir als nächstes nach Madrid müssen".

Auf der Terrasse des Hotels hatten sich einige Gäste eingefunden.

Michael und Waldo hatten sich einen Tisch direkt an der Wand des Hotels ausgesucht.

Als sie das herrliche Essen aus der Region verschlungen hatten, ließen sie sich zufrieden mit einem örtlichen Wein in der Hand in die bequemen Stühle sinken.

In der Zwischenzeit wurden Gläser in denen Kerzen standen auf die Tische verteilt. Die Abenddämmerung war schon fortgeschritten.

„Was genau für ein Themenfeld bearbeitest Du eigentlich?".

Sie hatten sich schon auf dem Weg zur Einsiedlerkirche darauf geeinigt sich das Du anzubieten.

Waldo nippte gemütlich an seinem Weinglas.

„Ich verfolge auf archäologischer Ebene die Geschichte und die Spuren der religiösen Gemeinschaften in Spanien und den Weg den sie nahmen.

Wir bekamen wie ich dir schon erzählte einen Hinweis aus Paris und dachten wir würden einen ehemaligen Stützpunkt der Templer erkunden. Wir gruben Wochenlang in der Ruine ohne auch nur einen Hinweis zu finden. Als wir dann diese Kammer fanden, stellte dies alles auf den Kopf. Die meisten Dokumente sind jetzt zur weiteren Untersuchung in Madrid".

„So wie die Dokumente aus San Bartholome", warf Michael nachdenklich ein.

„So ist es. Also ist das unser neues Ziel?".

Michael war unsicher. „Wäre es", bestätigte er, „Aber ganz ehrlich. Was dann? Wir fahren also nach Madrid, schauen uns die Dokumente an. Was dann? Wie geht es weiter und worum geht es? Mir fehlt einfach das Ziel".

So wie mir, Lorenzo saß am Nebentisch. Er hatte sich dort niedergelassen, während die beiden Ihr Essen zu sich nahmen.

Mit dem was er hörte, konnte er absolut gar nichts anfangen.

Was bitte soll ich denn damit anfangen? Dachte Lorenzo.

Als die beiden, der kleinere hieß wohl Amado und der große Michael, zum allgemeinen Small talk übergegangen waren, beschloss Lorenzo, sich auf seinem Zimmer mit seinem Gönner in Verbindung zu setzen.

Michael und Amado saßen noch lange zusammen. Sie hatten kurz die Zimmer für den nächsten Tag ab bestellt und bezahlt.

Danach hatten sie beschlossen das der Wein köstlich war und fassten den Plan noch etwas mehr davon zu genießen.

Michael erfuhr so mehr über den Hintergrund von Amado.

Amado Waldo wurde in Segovia, nördlich von Madrid geboren.

Dort wuchs er auf und befasste sich schon in jungen Jahren mit der Geschichte Spaniens. Als Junger Mann arbeitete er in den Ferien oft als Grabungshelfer mit und verdiente sich so ein bisschen Geld nebenbei.

In dieser Zeit fasste Amado den Entschluss, Archäologie zu studieren. Er hätte sich nie träumen lassen, das die Geschichte Spaniens so viele Facetten aufzuweisen hatte und verfolgte seinen Beruf mit Hingabe. Mit den Jahren verfolgte er aber immer mehr die Geschichte der verschiedenen Religionen im Land. Die Geschichte des Christentums und die Ära der Templer hielten ihn dabei gefangen.

So spezialisierte er sich in diesem Thema.

Als er bei einem Trip nach Amerika, hatte er durch Zufall einen Beitrag eines Gastdozenten in der Fakultät von Yale mitbekommen. Der Dozent schien in der Materie richtig aufzugehen und auch wenn

Amado mit dem Thema vertraut war, zog der Beitrag ihn mit.

Michael hatte den Ausführungen gelauscht.

Die Terrasse hatte sich geleert und sie saßen als letzte Gäste noch draussen.

Da sie früh aufbrechen wollten, beschlossen sie, sich noch ein paar Flaschen von dem Wein einpacken zu lassen und gingen zu Bett.

„Si, Monsignore. Sie sprachen über die Kirche San Bartholome am Rio Lobos".

Lorenzo hatte seinem Gönner alles erzählt.

In seinem Büro im Piemont sank Alessio di Marco in seinen Lederstuhl. Er konnte kaum glauben was er gerade gehört hatte.

Vor Jahren hatte er Lorenzo rekrutiert, nachdem er ihn lange und sehr intensiv durchleuchtet hatte.

Er sah lange auf das kleine Symbol auf seinem Handrücken. Er hätte nie gedacht das dies noch zu seinen Lebzeiten passieren würde. Anstatt erschrocken, war er eher freudig erregt. Sollte ihm gelingen was Jahrhunderte lang seinen Vorgängern nicht gegönnt war?

Jetzt hatte die andere Seite sich geregt und das worauf alle seit langer Zeit gewartet hatten, wurde jetzt losgetreten.

Man hatte seinerzeit nach der Auflösung der Templer die Besitztümer beschlagnahmt.

Enttäuscht musste man feststellen, dass das Vermögen des Ordens geradezu mickrig ausfiel. Auch ein unglaublichen Schatz der aus Jerusalem entwendet worden sein sollte, fand man nicht. Also beschloss man hintern den dicken Mauern in Rom, das man eine Abteilung zur Bekämpfung überlebender Templer und zur Auffindung des größten Schatzes der Templer, einrichten wollte. So entstand die Bruderschaft der schweigenden Jäger.

Die sogenannten: **Tacet Venandi**.

Ihr Zeichen war das Kreuz. Auf der rechten Seite zog sich ein Bogen bis zum unteren Ende und am rechten Querbalken des Kreuzes waren zwei nach hinten gehende schräge Linien zu sehen. Wie ein Pfeil. Das Zeichen des Jägers. Drei schräge Linien, standen für die Dreifaltigkeit.

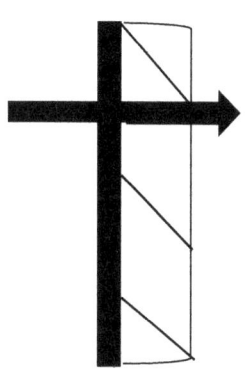

Alessio, sah erneut auf seine Hand. Dieses Zeichen hatte er als junger Pfarrer erhalten. Seit dieser Zeit hatte er im Dienst der Bruderschaft gestanden und das Zeichen mit Stolz getragen.

„Monsignore?", Alessio hatte ganz vergessen das er den Hörer noch in der Hand hielt.

„Si", zischte er. Er überlegte.

„Wie sollen wir jetzt vorgehen? Was soll ich machen?"

„Lorenzo? Hören Sie mir jetzt genau zu…".

Die Luft war noch kühl und klar. Michael trat auf die Terrasse des Hotels. Vereinzelt hatten sich Gäste eingefunden und waren am Frühstücken. Amado schien noch auf seinem Zimmer zu sein. Michael beschloss schon mal mit dem Frühstück zu beginnen.

Sein Handy klingelte.

„Also ich kann Dir zwar nicht sagen woher das andere Signal kam, aber ich hab es geschafft Dein Handy so einzustellen, das dies nicht mehr passiert".

Er rechnete kurz nach. Es muss Mitten in der Nacht sein in Kalifornien. „Wieso bist Du noch wach und so fit?", fragte Michael.

„Naja Kaffee, ne Menge Kaffee", lachte Heather.

„Aber mir ließ das Ganze auch keine Ruhe. Ich werde weiter versuchen den Ursprung des Signals zu orten. Wann fährst Du los?".

Michael zuckte mit den Achseln. „Eigentlich warte ich gerade noch auf Amado".

"Na dann warte Du noch, ich hau mich hin, bis später".

Michael wunderte sich über sich selbst. Er war nicht verwundert das Heather genau wusste das er aufgestanden war.

Irgendwie gruselig, dachte Michael und hoffte nur, das Heather sich nicht wirklich an seiner Kamera und dem Mikrofon zu schaffen machte.

Michael hatte gefrühstückt und Kaffee getrunken. Aber von Amado war nichts zu sehen. Er stand auf und ging in das Hotel.

Michael wurde nervös. Er hatte seinen Koffer im Auto verstaut und war erneut zur Terrasse gegangen. Kein Amado.

Er wusste welche Zimmernummer Amado hatte und wollte ihn wecken gehen. Keine Antwort auf sein Klopfen. Er rief Amado und klopfte energischer. Immer noch nichts.

Michael ging zur Rezeption.

„Verzeihen Sie? Ich suche meinen Kollegen Herrn Waldo".

„Da kann ich Ihnen leider nicht helfen". Die junge Dame hinter dem Tresen lächelte höflich.

„Naja ich habe jetzt schon sehr intensiv geklopft und es kommt keine Reaktion, da mach ich mir schon Sorgen".

Michael setzte sein gewinnbringendes Lächeln auf.

„Na, wir können ja mal nachschauen", jetzt fing die junge Frau an ihr eigenes Lächeln durchzubringen. Michael war amüsiert.

„Gerne, er hat die Zimmernummer 103".

Sie gingen den Gang entlang und Michael merkte wie die junge Dame die sich als Stella vorgestellt hatte, versuchte das Flirten zu intensivieren.

"Da ist es", Michael blieb vor der Tür stehen.

Stella lächelte wieder und suchte den passenden Schlüssel.

„Ah da ist er ja", Stella schloss auf.

Michael trat in das Zimmer und blieb sprachlos stehen.

Das Zimmer sah aus, als wäre nie jemand hier gewesen. Das Bett war ordentlich und auf dem Kopfkissen lag noch die Begrüßungsschokolade.

„Also", stammelte Stella, die hinter Michael eingetreten war. „Wenn ich nicht wüsste, das dieses Zimmer vermietet wurde, würde ich sagen, hier war gar keiner".

Michael nickte. „Sieht so aus". In seinem Kopf schossen tausend Gedanken hin und her.

Wo verdammt war Amado?

Er dankte Stella höflich und Sie zog einen Schmollmund, als Michael eröffnete das er sich auf den Weg machen würde. Sie hatte gehofft das er noch geblieben wäre.

Michael ging zu seinem Auto. Als er im Wagen saß, dachte er nach. Sollte Amado ebenfalls ein Opfer der anderen geworden sein? Michael erinnert sich, das sie sich im Hotel an der Rezeption verabschiedet hatten. „Ich muss noch etwas erledigen", hatte Amado gesagt und Michael war schon auf sein Zimmer gegangen. Aber was war dann passiert? Im Zimmer war nicht einmal Gepäck gewesen. Wer reist denn ohne Koffer? Das alles konnte Michael sich nicht erklären. Immerhin wusste Michael wie der weitere Weg aussehen würde. Er musste zum Archäologischen Institut nach Madrid reisen. Wohl alleine so wie es aussieht. Dort würde er auch das Verschwinden von Amado melden. Da dieser angegeben hatte, sollte man ihn dort wohl kennen. Er atmete tief ein und startete den Motor.

Den Schatten der ihm folgte, bemerkte er nicht.

Lorenzo sah nur Michael am Frühstückstisch. Er wartete und bekam mit, dass das Zimmer von Amado leer gewesen war. Verwundert fragte Lorenzo sich, was hier los war.

Als er mitbekam das Michael scheinbar alleine aufbrach, ging er zu seinem Wagen

106

und folgte Michael mit großem Abstand. Er hatte es nicht eilig. Er kannte das Ziel.

Über das Autotelefon rief er erneut Alessio an. Er erzählte ihm vom Verschwinden des Einen.

„Da kann man nichts machen, wir können ihn jetzt nicht suchen", Alessio klang müde. Er hatte die ganze Nacht mit etlichen Stellen der Bruderschaft, sowie mit Rom telefoniert. Er wollte nur noch schlafen.

„Aber kann dieser Amerikaner da alleine überhaupt etwas ausrichten?"

Alessio zuckte unbewusst mit den Schultern.

„Wir werden es erfahren. Allerdings ist er der einzige der für uns greifbar ist und somit die einzige Spur die wir haben. Zu wichtig ist das, was er womöglich finden könnte. Und wenn es soweit kommt, dann sollten wir direkten Zugriff haben. Besonders bevor es publik wird."

Lorenzo gab auf. „Alles klar, Monsignore ich bleibe dran und wenn es etwas gibt melde ich mich".

Alessio war zufrieden.

Kapitel 8 - Rom 1350 a.D.

Die Schritte hallten laut durch den langen Gang. Man hörte nur das gleichmäßige Klatschen der Ledersohlen auf dem kalten Stein.

Vermischt wurde das Geräusch nur durch das Keuchen des Mannes der da unterwegs war. Es war Francesco. Bischof im Vatikan. Er hatte gerade etwas erfahren und musste das unverzüglich melden.

Er war auf dem Weg zu Bischof Eduardo. Dieser war der Kardinalvikar und somit Stellvertreter des heiligen Vaters, dem Papst. Nach Luft schnappend, blieb Francesco vor einer schweren Holztür stehen.

Er wollte erst einmal seine Atmung beruhigen. Er stand in einem Gang der ziemlich karg aussah. Steinwände, Steinböden und Steindecken. Mehr war hier nicht zu sehen. Kein Glanz der heiligen Kirche. In regelmäßigen Abständen hingen Fackeln in ihren eisernen Halterungen an der Wand. Die einzige Dekoration im Gang hing in der Nähe dieser Tür. Es war ein Wandteppich mit einer Szene aus der Bibel.

Francesco war schon oft hier gewesen. Er wusste dass hinter dieser Tür das Reich des Papstes und seines Vertreters lag.

Jetzt sollte es gehen, dachte er und klopfte an.

Er schob die Tür auf und betrat den dahinter liegenden Raum.

Das Zimmer von Bischof Eduardo, war schlicht eingerichtet.

Ein Schrank, ein Tisch und zwei einfache Stühle. Alles in dunklem Holz gehalten. An der Wand hingen Gemälde von Heiligen und ein großes Kreuz aus Holz.

Eduardo hatte nur eine einfache Robe an und kam mit ausgestreckten Armen auf Francesco zu. Dieser entgegnete die Umarmung und sie setzten sich.

"Was kann ich für dich tun, Francesco?" Eduardo war ein kleiner untersetzter Mann mit dünnen schwarzen Haaren. Er hatte ein rundes Gesicht mit gütigen Augen.

Francesco holte Luft. "Wir haben Kunde bekommen, das die Templer, obwohl sie durch den Pontifex aufgelöst wurden. Im geheimen weitermachen."

Eduardo sah auf. "Wie soll das gehen? Keiner würde diesem Frevler Orden Obdach geben oder seine Nähe dulden."

Francesco sah zum Fenster. Dahinter lag der prächtige Park. "Naja, Spanien und Portugal schon."

Eduardo schnaubte verächtlich. "Diese Ketzer werden auch noch Gottes Urteil abbekommen."

"Erschwerend ehrwürdiger Bruder kommt, das wir bis jetzt kaum Vermögen dieser Gottlosen gefunden haben. Sie besaßen so viel Reichtümer, irgendwo muss das doch sein."

Eduardo nickte. "Sollte man meinen. Ich werde mit dem heiligen Vater sprechen. Danach lass ich Dich wissen, wie entschieden wurde."

Francesco senkte ergeben seinen Kopf und verließ das Zimmer.

Francesco war knappe zehn Jahre nach der Auflösung des Templer Ordens in den Vatikan gekommen. Er kannte nur das, was sich alle erzählten und die offiziellen Anschuldigungen. Für ihn waren die Templer verachtungswürdig. Was sie getan hatten, würde kein wahrer Christ machen.

Francesco war im Skriptorium tätig und übersetzte alte Schriften aus dem hebräischen ins lateinische.

Ein paar Tage später saß er wieder an seinem Schreibtisch und war in seine Arbeit versunken.

"Bruder Francesco?" Ein Mönch stand vor ihm. "Ja, Bruder?" Francesco blickte von seiner Arbeit auf.

"Der Vikar erwartet Euch. Jetzt." sagte der Mönch.

Francesco legt die Feder auf Seite. "Ich komme", erwiderte er. Francesco erhob sich.

"Ah, Francesco." Eduardo kam zu ihm. Sie gaben sich den Bruderkuss und nahmen Platz.

"Ich sprach mit unserem heiligen Vater. Der Pontifex ist erschüttert über die Entwicklungen und erwartet unverzüglich Maßnahmen dagegen".

Francesco sah ihn überrascht an. "Verunsichert? Wieso das?"

Eduardo beugte sich zu ihm. "Ich bin auch nicht in alles eingeweiht. Aber ich hörte davon das die Templer eines Tages in den Vatikan kamen. Sie mussten dem damaligen Pontifex etwas gezeigt haben, was sie in Jerusalem fanden. Jedenfalls gab ihn der heilige Stuhl danach jede Freiheit die sie verlangten. Du verstehst? Es wäre gefährlich, wenn sie im geheimen weiter agieren würden und noch gefährliche", er stand auf und sah aus dem Fenster. "Wäre es, wenn sie den Menschen darüber berichten würden. Das könnte zum

Zusammenbruch der ganzen Institution führen."

Francesco war sprachlos. "Aber, Bruder. Was machen wir denn nun? Wie soll weiter Verfahren werden?

"Ah, gut das Du fragst", Eduardo drehte sich zu ihm um. "Ich habe lange mit dem heiligen Vater gesprochen. Es soll eine Bruderschaft entstehen, die mit der Aufgabe vertraut sein wird. Reste des Ordens ausfindig zu machen und im besten Fall herauszufinden, was sie gefunden hatten und wo sie es verstecken. Wenn wir es haben, dann können wir sicher sein, das die Menschen dem heiligen Stuhl gegenüber hörig bleiben."

Francesco versuchte das gehörte zu verstehen. "Weiß denn der heilige Vater nicht, worum es sich handelt?"

Eduardo schüttelte den Kopf. "Der alte Pontifex, starb bevor er es weitergeben konnte und so nahm er diesen Fund mit ins Grab. Wir tappen im Dunkel und müssen selber herausfinden worum es sich handelt. Dann müssen wir einschätzen, wie gefährlich das für die heilige Kirche sein könnte."

"Aber was wollt ihr von mir?" Francesco hatte sich das schon vorher gefragt.

Eduardo baute sich vor Francesco auf. "Der heilige Vater, Clemens VI. hat angeordnet, das Du die Bruderschaft, ins Leben rufst und die Männer wählst die Deine Anweisung draußen in der Welt ausführen."

Francesco sah ihn ungläubig an. "Ich? Aber ich bin nur Übersetzer, Bruder":

Eduardo lachte. "Ja Francesco, aber als Du noch in der Welt herum irrtest, hast Du Dich als junger Mann, dem Kampf gewidmet und so dein Geld verdient. Glaube mir der heilige Vater, weiß alles."

Francesco versuchte nicht sich zu wehren. Er ließ den Kopf hängen. Zu viel wurde von ihm verlangt. Eduardo versuchte ihm zu zureden. "Sieh mal, das ist eine Möglichkeit, die so schnell keiner bekommt. Du wirst direkt mir und dem heiligen Vater unterstellt sein. "Du wirst einen eigenes Kloster erhalten und von dort aus agieren. Der Papst wird dir Brüder schicken, die mit dir die Klosterarbeit erledigen.

Ebenso bekommst Du zehn Männer, die im Kampfe ausgebildet wurden. Sie werden Deine ersten Handlanger sein. Weitere musst Du Dir suchen."

Francesco sah hoch. "Ich verlasse Rom?"

Eduardo nickte. "Der Pontifex hält es für ratsam, solch eine Bruderschaft nicht hier zu halten."

Francesco stimmte zu. "Das verstehe ich. Aber wie werden wir uns verständigen?"

Eduardo ging zu seinem Tisch und nahm ein Blatt Papier von der Platte. Dieses hielt er

Francesco hin. "Jeder der Bruderschaft wird dieses Zeichen tragen und ihr werdet auf den Namen **Tacet Venandi**, hören. Der schweigende Jäger. Erst wenn die Jagd beendet wurde, wird die Bruderschaft aufgelöst. Du wirst ebenso Nachfolger als Abt des Klosters und Anführer der Bruderschaft bestimmen. Sollte die Jagd länger dauern. Aber bedenke, Bruder". Er sah Francesco ernst an.

"Die andere Seite handelt im geheimen, bewegt sich im Dunkel und hat nichts zu verlieren. Dieser Kampf wird uns alles abverlangen".

Francesco begriff so langsam die ganze Dimension, die das Ganze annehmen würde."

"Dann, mit Gottes Hilfe, Bruder. Auf in den Kampf": Er umarmte Eduardo.

Das letzte Mal in seinem Leben.

Kapitel 9 - Madrid

Michael hatte das Telefon im Auto angesteuert.

„Ja was gibt es denn?", Heathers Stimme klang verschlafen.

„Sorry honey, ich hätte nicht angerufen, aber Amado ist weg."

"Wie weg?", Heather war augenblicklich hellwach.

„Naja er kam nicht zum Frühstück und als wir in sein Zimmer gingen, war es leer", Michael konnte sich keinen Reim machen.

„Warte einen Moment", Michael hörte wie Heather mit Geschirr im Hintergrund klapperte. Dann hörte er das Geräusch eines Vollautomaten. Kurz darauf vernahm er wie sie im Hintergrund auf einer Tastatur wild tippte.

„Verdammt, ich denke jetzt wird es interessant",

Michael hörte gespannt hin.

„Erstmal Kaffee", sagte Heather.

„Also ich habe gerade einige Datenbanken abgerufen. Aber ich finde keinen Amado Waldo im gesamten Europäischen Raum. Den Typ gibt es nicht", Michael hatte prompt den Wagen angehalten.

„Wie meinst Du das? Was heißt, den gibt es nicht?".

Er war ausgestiegen und stand in der spanischen Einöde. Hier noch vor der Autobahn, war weit und breit einfach nichts.

Die Sonne brannte schon ordentlich herunter und Michael stieg wieder ein. Die Klimaanlage im Auto war ihm da schon lieber.

Er lehnte sich im Fahrersitz zurück.

„Na, was ich gesagt hatte", in Heathers Stimme war keine Spur mehr von Müdigkeit.

„Diese Anfrage findet wirklich jeden Menschen der lebt. Ich könnte sogar filtern nach, Geburt, Tod, Religion. Aber ich habe die Filter bis auf Tod offen gelassen und mir wird angezeigt, das zur Zeit auf diesem Planet keiner mit diesem Namen existiert. Naja, klammern wir mal die aus die gerade in den Kindergarten oder in die Grundschule gehen, oder aber im Altenheim sitzen. Das ist bewundernswert ist, da die Chance so einen Treffer zu bekommen bei über sieben Milliarden Menschen, schon echt schwer ist".

Heather machte eine Pause. „Auf jeden Fall ist eins klar, der Typ ist nicht der, den er vorgibt".

Michael versuchte verzweifelt eine Erklärung zu finden.

„Ändern lässt sich das eh nicht. Aber ich könnte mir vorstellen wo ich den finde",

Heather hörte die aufkeimende Wut in Michaels Stimme.

„Ich werde zum Archäologischen Institut in Madrid fahren und dort sollte ich den, wen auch immer, ebenfalls finden".

„Na dann gute Fahrt und melde Dich wenn Du da bist, ich geh duschen".

Michael trat aufs Gas.

Madrid. Die Großstadt war für Michael wie jede andere auch. In ihrer langen Geschichte. Madrid war seit je her die geographische, politische und kulturelle Hauptstadt von Spanien. Wohl aus dem 9.Jahrhundert, hatte die Stadt sich beispiellos entwickelt. Allerdings machte das heutige Ungetüm einer Metropole auf Michael eher einen abschreckenden Eindruck. Solche kannte er aus seiner Heimat und war meist froh nicht hinein zu müssen. Hier bleib ihm nichts anderes über. Sein Navi lotste ihn. Er hatte noch kurz Heather bescheid gegeben, das er Madrid erreicht hatte.

Es war gegen Mittag, als Michael seinen Wagen in die Calle de Serrano lenkte. Hier war laut seinem Navi das Archäologische Institut. Hier sah es aus wie in einer Wohngegend. fast hätte er das Gebäude übersehen. Er hatte sich ja eher ein altes Geschichtsträchtig aussehendes Haus vorgestellt. Hier hätten auch einfach Leute wohnen können.

Das war überraschend für Michael. Er suchte sich einen Parkplatz und fand einen direkt vor dem Institut.

Er stieg aus.

Als er das Schild am Eingang sah stutzte er.

Deutsches auswärtiges Amt. Er überlegte kurz, ob er Heather darauf ansetzen sollte, aber verwarf den Gedanken wieder. Sie sollte sich erstmal ausruhen. Michael war sich sicher, das ein klärendes Gespräch im Institut ihm die Antworten liefern würde.

Michael klingelt.

„Sie sprechen mit dem DAI Madrid, hallo?", die Stimme der Dame aus der Sprechanlage klang gelangweilt.

„Hallo, mein Name ist Dr. Michael Shane aus Kalifornien".

„Amerika? Einen Moment bitte", die Stimme schien aufgewacht zu sein.

Der Öffner summte und Michael drückte die Tür auf.

Im Inneren war alles sehr modern eingerichtet. Hinter einem weißen Empfangstresen, saß eine blonde Frau. Michael schätzte sie so auf Mitte vierzig.

Sie lächelte ihn an.

„Hallo", wiederholte Michael, „ich komme vom Pomona College Kalifornien und bin hier im Urlaub. Ich hatte ihre Adresse gesehen und würde gern ein wenig über ihr Institut erfahren".

„Aber gerne ich hole gleich jemanden, nehmen Sie bitte kurz dort drüben Platz. Kaffee?".

Michael nahm dankend an, während er in Richtung der einladenden Sitzgruppe schritt. Genüsslich ließ er sich in das weiche Leder fallen.

So etwas könnte ich zuhause gebrauchen, dachte er.

Er nahm sich ein wissenschaftliches Magazin und wartete.

Lorenzo hatte ein paar Straßen abseits geparkt. Ihm war klar wohin Michael Shane hinwollte. Er ärgerte sich immer noch darüber, dass er nur hinterher sollte. Selber aktiv werden, war nicht gewünscht. Das hatte ihm Alessio auf der Fahrt nach Madrid klar gemacht.

„Wir müssen sehen wohin das Ganze führt", hatte der Oberste Lorenzo mitgeteilt. „Du wirst nichts unternehmen. Halte mich auf dem Laufenden was er macht. Mehr nicht".

Lorenzo gefiel das überhaupt nicht.

Und jetzt war auch noch passiv ins Abseits gestellt worden. Er konnte ja schlecht einfach hinterher gehen. Also hieß es warten und er konnte nur hoffen. Das der Stopp des Amerikaners nicht ewig dauern würde. Er schob den Sitz nach hinten und fuhr die Lehne, so dass er es einigermaßen gemütlich hatte.

„Ich heiße Sie in Madrid willkommen, Dr. Shane".
Ein gut gekleideter Mann erschien vor Michael.
Michael stand auf und schüttelte die Hand seines Gegenüber.
Der Mann war fast so groß wie Michael, allerdings hatte er einiges an Körperfülle mitgebracht. Sein dunkelbraunes Haar fiel in dünnen Strähnen von rechts nach links.
„Mein Name ist Dr. Klaus Berger".
„Deutsch?", Michael war überrascht.
„Allerdings", erwiderte Berger. „Das Auswärtige Amt der Bundesrepublik Deutschland unterhält in ganz Europa solche Institutionen", Michael ging neben Berger durch die Gänge.
Von Außen konnte man nicht erahnen wie weitläufig es hier war. Sie liefen durch Gänge mit großen hellen Fensterfronten. in der Mitte des breiten Ganges unter Ihnen sah Michael eine riesige Bibliothek. Oben schütze ein gläsernes Geländer mit einem Handlauf aus hellem Holz, die Besucher runter zu stürzen.

„Wir arbeiten in verschiedenen Ländern mit den dort ansässigen Wissenschaftlern zusammen um Denkmäler zu schützen, Ausgrabungen zu unterstützen und Ausstellungen auszurichten".

Michael war beeindruckt. Berger gefiel das merklich.

„Seit wann sind sie zur Unterstützung nach Madrid gekommen?"

Berger überlegte. „Das muss so in den Achtzigern des letzten Jahrhunderts gewesen sein. Es gab eine Anfrage seinerzeit von Spanien an Deutschland und seitdem arbeiten wir zusammen".

„Haben Sie eine Abteilung die sich auf die Geschichte der Religionen in Spanien spezialisiert hat?".

Berger sah ihn an. „Hier arbeiten alle zusammen, eigene Abteilung gibt es nicht", Michael hatte damit gerechnet. Aber das ihm das bestätigt wurde gefiel ihm nicht.

"Dann gehe ich davon aus, dass Ihnen der Name Amado Waldo auch nichts sagt?".

Berger blieb stehen. "Wer soll das sein?".

Mist, dachte Michael. Auf der anderen Seite wurde es jetzt spannend. Wer war dieser Kerl und was hatte das Ganze zu bedeuten?

Sie erreichten ein großzügig geschnittenes und sehr modern eingerichtetes Büro.

„Also, was kann ich für die tun?", Berger hatte hinter einem imposanten Schreibtisch Platz genommen.

Michael erzählte ihm von der Information, das in Frankreich Dokumente aufgetaucht seien und das Dokumente aus der Kirche San Bartholome hier in Madrid gelagert sein sollten.

„Das entzieht sich meiner Kenntnis, aber wir haben einen Archivar der Ihnen vielleicht weiter helfen könnte", er wandte sich seinem Telefon zu.

„Sagen Sie Dr. Saggiosa sie möge in mein Büro kommen", bellte Berger in sein Telefon.

„Sie?" Michael war überrascht, so hatte er einen Mann erwartet.

„Dr. Saggiosa ist unsere Frau für alle gesammelten und archivierten Dokumente. Sie wird Ihnen weiterhelfen".

Michael dankte ihm.

Maria Saggiosa beeindruckte Michael. Sie war Mitte dreißig und hatte lange gelockte schwarze Haare. Sie sah umwerfend aus und entsprach so gar nicht dem Bild eines Archivars wie Michael ihn sich vorstellte. Mit ihren strahlend blauen Augen hatte sie Michael kurz gemustert, bevor sie sich ihrem Chef zuwandte.

„Dr. Berger?", sie trat vor den Schreibtisch.

„Ah, Maria meine Liebe. Seien sie so nett und kümmern sich bitte um unseren amerikanischen Gast. Er hat einige Fragen, welche Sie bestimmt beantworten können".

Maria drehte sich zu Michael um. Ihr Lächeln war entwaffnend.

Michael erhob sich. „Ich freue mich Sie kennen zu lernen", sagte Michael.

„Ebenfalls", sie drückte selbstbewusst die Hand die er ihr hinhielt.

„Wie kann ich Ihnen helfen?".

Michael wiederholte seine Bitte.

„Ich denke wir sollten dafür in das Archiv gehen. Dort können wir sehen ob wir finden was sie suchen".

Michael nahm dankend an.

Sie fuhren mit einem Fahrstuhl runter ins Untergeschoß.

Hier hatte Michael schon die langen Bücherreihen gesehen.

Sie schritten die langen Reihen ab. „Wir müssen ans andere Ende", sagte Maria.

„Woher kommt ihr Interesse an diesen Dokumenten?".

Michael erzählte ihr von der Kirche San Bartholome, ließ aber die Verbindung zu den Templern weg. Er erklärte Ihr das ihm dort lediglich mitgeteilt wurde, das die ursprünglichen Dokumente in Madrid aufbewahrt würden.

„Also sind sie auf Urlaub oder jagen sie irgendetwas hinterher?"

Michael war beeindruckt von den ganzen Reihen die vollgestopft mit Büchern waren.

„Also", begann er. „Irgendwie von beidem ein bisschen".

Maria lächelte verständnisvoll.

Michael war sich nicht sicher, ob sie wirklich verstanden hatte, oder wollte.

Sie waren am Ende der Bibliothek angelangt.

„Na, dann schauen wir doch mal ob wir was finden", Maria öffnete eine Tür am anderen Ende der Bibliothek. Der Raum dahinter verschlug Michael den Atem. Lange Reihen von Schränken verschwanden im Raum. Die Schränke reichten bis hoch zur Decke. Wie groß der Raum war, konnte Michael nicht abschätzen. Dadurch das die Reihen der Schränke irgendwo verschwanden ließ sich das nicht erkennen.

„Wie groß ist das hier?", fragte Michael. „Sie würden es kaum glauben", Maria wand sich einem Computer zu. Am Eingang neben der Tür stand ein Schreibtisch. Dieser sah eher spärlich aus. wie alles hier. Kaum ein Vergleich zu dem modernen und teuren Ambiente vor der Tür. Neben dem Schreibtisch an dem Maria saß, stand ein weiterer größerer Tisch, an dem wohl die Fundstücke untersucht wurden.

„San Bartholome?", Maria starrte auf den Bildschirm. „Ja genau. San Bartholome die Einsiedlerkirche am Rio Lobos".

Maria nickte. „Alles klar".

„Sagen Sie", Michael war etwas eingefallen. „Kennen sie einen Amado Waldo?".

Maria schüttelte den Kopf. „Nie gehört. Ah hier ist was. Man ein Wunder das hier überhaupt etwas festgehalten wurde. Das wurde ja schon vor Urzeiten in Madrid gelagert. So alte Abgaben haben wir nicht immer schon im System. Alles klar Reihe und Nummer. Na kommen Sie?", Michael versuchte Schritt zu halten. Maria ging selbstsicher durch die Gänge. Man merkte ihr an, dass das hier unten Ihr Reich war.

Michael bewunderte die Größe des Archivs.

„Sind sie aus Madrid?", Michael versuchte herauszufinden mit wem er es zu tun hatte.

„Dr. Shane", Maria war stehen geblieben.

„Versuchen sie zu flirten?" Michael schüttelte den Kopf. „Vielleicht ein wenig", gab er betreten zu.

Maria nickte. „Wenigstens ehrlich", sagte sie. Versöhnlich fügte sie hinzu, „Naja ich komme nicht direkt aus Madrid. Durch mein Studium und der anschließenden Arbeit hier, hat es mich allerdings hier gehalten."

„Ich dachte schon die Liebe", lachte Michael. Verstummte aber sofort, als Maria ihm einen wütenden Blick zuwarf. „Das bestimmt nicht." Sie stapfte weiter. *Oha,* dachte Michael. Da war er wohl übers Ziel hinausgeschossen.

„Sie müssen verstehen", er versuchte die Wogen zu glätten. „Eine Frau wie sie, kann doch nicht….". Sie unterbrach. „Was? Alleine oder Single sein? Oh doch, Herr Doktor. Das geht ganz gut. Besonders wenn man nur A…", sie stoppte sich selber. „Naja solche halt trifft:" Michael hob die Arme. „Nicht schlagen", er versuchte sie mit einem Lächeln zu besänftigen. „ Das Menschen nicht immer so sind, wie wir sie gerne hätten, hat bestimmt jeder von uns schon erleben müssen".

Sie sah ihn an. „Ach ja?" Ihre Augen funkelten wütend. Aber sie schien sich zu beruhigen. „Solche wie sie suchen doch immer die Beute mit dem gewissen etwas".

„Naja", sagte er versöhnlich. „Eigentlich suche ich Dokumente. Ob die ein gewisses Etwas haben, werde ich wohl rausfinden."

Er sah wie sie sich amüsiert wegdrehte.

Sie waren anscheinend an ihrem Ziel angekommen.

Maria öffnete den Schrank und Kisten voll mit Dokumenten erschienen.

Michael stöhnte laut auf. Das würde Wochen dauern hier alles zu untersuchen. Das Problem ist ja nicht nur das richtige Dokument zu finden. Es musste auch jedes erstmal übersetzt werden.

„Na das wird aber eine längere Suche".

Maria grinste, ich hoffe Ihr Urlaub geht dementsprechend."

„Also, wir können jetzt jede Seite fotografieren und sie schauen sich alles in Ruhe später an, oder ich rede mit Berger und sie können jede Kiste mit in die Bibliothek nehmen und dort untersuchen. Was genau suchen sie denn?".

Michael sah sie verzweifelt an. „Ja so genau weiß ich das auch noch nicht". Das war noch nicht mal gelogen.

„Das Dokument mit dem gewissen Etwas?" Sie zwinkerte ihm zu.

„Ha ha", er schickte ihr einen beleidigten Blick zu. „Sie schien nicht beeindruckt. „Ich denke wir sollten die Kisten in die Bibliothek schaffen. Dort können sie in aller Ruhe ihr angebetetes Dokument suchen", sie schien langsam Spaß daran zu finden.

Michael lächelte gequält.

Michael hatte überlegt, aber aufgrund der Tatsache, dass er und Technik nicht die beste Konstellation darstellten, das Angebot mit der Bibliothek in Anspruch zu nehmen. Berger hatte nichts dagegen und Michael begann sofort mit der ersten Kiste. Schnell hatte er herausgefunden, dass alle Dokumente wahllos in die Kisten gepackt worden waren. Keiner hatte sich die Mühe gemacht und sie nach Daten sortiert.

Anhand der Größe des Archivs wäre das auch kaum möglich gewesen.

Es war damals nicht üblich, das man Dokumente mit Daten versah. Das machte es nicht einfacher. Michael musste sich ein System überlegen, sonst würde er hier noch in einem Jahr hocken.

Michael beschloss einige Worte zu übersetzen um zu schauen worum es in dem entsprechenden Dokument ginge.

Das klappte. Die ersten Dokumente konnte Michael rasch zuordnen und ablegen. So arbeitete Michael sich nach und nach durch die erste Kiste.

Es war müßig und zog sich hin. Michael fluchte leise. Sie hatten wirklich alles dokumentiert. Aber das brachte mit sich, das Michael sich durch einen Berg unwichtiger Informationen wühlen musste.

„Sie übernachten hier?", Maria stand vor ihm und schenkte ihm ihr umwerfendes Lächeln. Michael sah auf die Uhr. Wie vom Blitz getroffen sprang er auf. „Mein Gott wie spät ist es?". Er hatte versunken in die Dokumente die Zeit völlig vergessen. Es war spät geworden. Selbst das die Dunkelheit kam und Licht in der Bibliothek angemacht wurde, hatte er überhaupt nicht mitbekommen.

Da fiel ihm noch etwas ein. „Maria?". Sie sah ihn fragend an. „Maria, wissen sie etwas über Dokumente die vor kurzem in einer Klosterruine gefunden wurden und zur Übersetzung nach Madrid gebracht worden sind?".

Maria schüttelte den Kopf. „Nein, aber das ist auch nicht verwunderlich. Dies würde erst in eine andere Abteilung kommen. Wenn sie da gesichtet und übersetzt wurden, kommen sie zu mir. Ich kann morgen gerne dort anfragen wenn Sie mögen".

Michael sah sie dankbar an. „Das wäre fantastisch".

Michael fiel siedend heiß etwas ein.

„Ach ja, kennen Sie ein Hotel in der Nähe? Ich hatte mich noch gar nicht darum gekümmert".

Maria lachte laut auf. „Na Sie sind ja einer. Klar drei Straßen weiter ist ein kleines aber sauberes Hotel. Ich kann Sie dort absetzen, wenn Sie mögen", Michael nickte. Die paar Meter könnte er morgen auch zu Fuß laufen.

„Sie können die Dokumente ruhig hier liegen lassen. Sie werden ja eh morgen wieder da sein, oder?".

Michael nickte. Sie räumten auf und verließen das Gebäude.

So oft wie heute hatte Lorenzo noch nie geflucht. Er konnte nicht glauben das der

Amerikaner den ganzen Tag in diesem Institut verbrachte. Er hatte Alessio angerufen und dieser hatte ihm unmissverständlich klar gemacht, das er hier bleiben würde, bis der Amerikaner rauskam. Am späten Nachmittag war ihm der Kragen geplatzt. Er konnte sich vorstellen wie Dr. Shane da drin saß und Unmengen von Dokumenten durchsah. Also fasste er einen Plan und brachte eine Kamera, welche er vom Handy aus kontrollieren konnte. So musste er wenigstens nicht die ganze Zeit im Auto hocken. Er hatte die Kamera so eingestellt, das er den Wagen sowie den Eingang sehen konnte. Perfekt. Er saß mittlerweile im Café eines Hotels und starrte dort auf den Bildschirm seines Handys.

Lorenzo sah auf die Uhr. Es war spät und dennoch stand der Wagen immer noch da wo er den ganzen Tag gestanden hatte.

Lorenzo fluchte. *Will der da übernachten?* Lorenzo wartete noch eine Stunde und ging auf sein Zimmer.

Michael stand vor einem kleinen unscheinbaren Hotel. Maria hatte ihn in ihrem Auto mitgenommen. Sie hatte den Fiat Punto in der Tiefgarage des Instituts geparkt. der Ausgang des Parkhauses war auf der anderen Seite, so das Michael sogar den Koffer im Auto vergessen hatte. *Naja,* dachte er. *Erstmal schlafen um den Rest kümmre ich mich morgen.* Michael checkte ein und bezog sein Zimmer. Klein aber ordentlich fand er das Zimmer vor. Michael fiel auf das Bett. Er wollte noch Heather einen Überblick verschaffen. Aber bevor er das in die Tat umsetzen konnte, war er eingeschlafen.

Am nächsten Morgen war Michael schon früh auf den Beinen. Nachdem er geduscht hatte, brachte er Heather auf den neuesten Stand. Sie wünschte ihm viel Glück bei der Suche und Michael konnte das breite Grinsen durch das Telefon erkennen.
Er bedankte sich und ging runter um zu frühstücken.
Das Frühstück war umwerfend und Michael ging frisch gestärkt und voller Tatendrang zum Institut. Als erstes wollte er zu seinem Wagen und den Koffer holen.

Als er auf die Straße kam wo sein Wagen stand, fiel ihm auf das der Eingang vom Institut offen stand und ein Polizeiwagen davor auf der Straße parkte. Er rannte los. Was war da los? Michael kam keuchend am Institut an.
Im Eingang standen vor dem Polizeiwagen und in der Toreinfahrt weitere Fahrzeuge.

Michael sträubten sich die Nackenhaare. Ihm wurde klar, dass hier etwas ernstes passiert war.

Er lief zum Eingang. Dort versperrte ein Polizist den Weg. „Halt, wer sind sie?", fragte der Beamte. „Mein Name ist Dr. Michael Shane vom Pomona College Kalifornien. Ich war gestern schon hier. Darf ich fragen was hier los ist?"

Der Polizist wollte gerade antworten, als Michael seinen Namen hörte.

„Michael?".

Maria erschien im Türrahmen. „Michael kommen Sie rein. Ist schon gut", sie zog Michael vorbei an dem Polizisten in das Innere.

„Was ist denn los, Maria?", Michael stolperte verwirrt hinter Maria her.

„Es gab einen Einbruch letzte Nacht, Michael. Sie haben das Archiv durchwühlt und Ihre Arbeiten die draußen lagen, es ist schrecklich".

Michael legte seine Hand auf ihre Schulter. "Na zumindest ist keinem etwas passiert", versuchte er zu beruhigen. Maria sah ihn an und Michael erkannte an dem Blick, das er falsch lag.

„Kommen Sie", sie zog Michael weiter. Sie liefen über die Galerie. Das Gebäude war Menschenleer. Die meisten fingen erst später an. Michael sah im renne, als er durch die Gläsernen Geländer, unten im Bereich der Bibliothek Beamte hin und her huschen.

Plötzlich blieb er stehen. Was er sah konnte er nicht glauben. In der Mitte der Bibliothek lag ein Mann auf dem Boden. Seine Arme und Beine schienen mit Seilen an vier Pfeilern befestigt worden zu sein. Das Ganze hatte von hier den Anschein als wäre er irgendwie <<aufgespannt>> worden. Michael kannte den Mann. Gestern noch hatte er Michael in seinem Büro empfangen. "Berger", keuchte Michael. Das allein war schon schlimm genug. Aber Michael hatte diese Bild in anderer Form schon einmal gesehen. Hier wurde nach einem Muster gemordet. Aber von wem? War es Amado? Michael dachte fieberhaft nach.

Maria vermied es nach unten zu schauen.

Sie liefen zum Fahrstuhl.

Als Michael näher kam sah er, das man Berger die Augen entfernt hatte. Rinnsale von Blut liefen an der Kopfseite herunter und gaben ein bizarres Bild ab. Das Hemd war aufgerissen worden und zwei Zeichen waren in die Brust und den Bauch geritzt. Durch das ganze Blut waren sie kaum zu erkennen. Maria hatte sich noch immer schluchzend an Michaels Arm geklammert. Die Tür um Archiv stand offen und Michael sah durch den Türrahmen das die Schränke dort teils aufgerissen wurden. Überall lagen Papiere rum. Die Polizisten hinderten sie daran weiter heran zukommen.

„Dr. Saggiosa?", Michael drehte sich um. Ein junger Mann mit kurzen blonden Haaren und einer viel zu großen schwarzen Brille kam auf sie zu. Maria ließ Michael los. „Professor Wingham, bin ich froh das sie hier sind.". Michael dachte der Professor würde das Bewusstsein verlieren beim Anblick von Bergers Leiche.

Aber dieser fing sich schnell wieder. „Professor John Wingham, stellvertretender Direktor aus England", stellte er sich Michael vor.

„Dr. Michael Shane", antwortete Michael, „Mein herzliches Beileid". Professor Wingham nickte. Er blickte zu Maria. "Gibt es schon einen Hinweis?". Maria schüttelte den Kopf. „Naja einen gibt es", sagte Michael und deutete auf Berger und die Zeichen auf dem Oberkörper. Aber ob die wirklich weiterhelfen würden?

 Wingham sah sich den Oberkörper an. „Was soll das sein?".

„Das eine könnte ein Tatzen Kreuz und das andere ein Pentagramm sein", vermutete Michael. „Aber durch das ganze Blut kann man leider kaum etwas erkennen".

„Kommen Sie, hier können wir eh nichts ausrichten", Wingham zeigte mit der Hand in Richtung Fahrstuhl. Damit kam er auch der

134

Polizei nach, die angefangen hatten ihre Arbeit aufzunehmen.

Sie befanden sich in dem Büro in dem Michael und Maria gestern schon gestanden hatten. Wingham bediente sich an der Bar. Michael winkte ab, als Wingham ihn anbot etwas zu trinken. Maria schien das eher willkommen zu sein und so nahm sie dankbar den Drink an. „Also wer könnte es auf Berger abgesehen haben?".
Wingham sah die beiden fragend an. „Ich glaube noch nicht einmal das Berger das Ziel war", warf Michael ein. „Hier wollte jemand an Dokumente ran. Ich glaube Berger war einfach zur falschen Zeit am falschen Ort".
Wingham sah überrascht auf. „Wie kommen sie darauf?".
Michael stellte sich ans Fenster und sah hinaus in den Park des Instituts. „Na zu einem, wäre es ein Zufall wenn genau jetzt jemand Berger töten würde. Dann, denken sie an die Zeichen. Ich komme gestern hierher und suche Dokumente der Templer. Einen Tag später wird das Archiv durchwühlt und der Leiter wird umgebracht, in Ordens Manier und Zeichen des Ordens auf ihm hinterlassen? Ich glaube kaum das es ein Zufall ist und Berger wirklich das Ziel war".
Wingham holte tief Luft. „Sie meinen dass wir Ihnen das zu verdanken haben?",

Michael winkte schnell ab. „Nein nein, ich sage nur das es zu sehr ein Zufall wäre, wenn das eine nicht mit dem anderen zu schaffen hätte".

„Ja aber was genau haben sie denn gesucht?", Wingham war das Ganze hier zu viel.

„Ich gehe einem Hinweis nach den ich erhalten habe und anhand dieses Hinweises kam ein Dokument aus der Kirche San Bartholome nach Madrid aus dem hervorgeht, das die Templer nicht wie immer behauptet 1314 verschwanden, sondern das sie vielmehr danach äußerst tätig waren und ihr Vermögen und heilige Relikte in verschiedene Teile der Welt verteilten. Das bedeutet, wenn das bewiesen werden könnte, würden alle bisherigen Gerüchte sich bewahrheiten können und der Schatz der Templer ebenso gefunden werden wie auch das, was sie der Legende nach unter dem Tempelberg fanden. Was das für Auswirkungen hätte, brauch ich Ihnen ja nicht zu erklären".

„Oh mein Gott", Wingham nahm den nächsten Drink. „Wenn das stimmt, könnte dass das komplette Gefüge des heiligen Stuhls zerstören. Viel mehr noch, wenn sich herausstellt das die Templer weiterhin bestanden, so könnte das einige der Mächtigen dieser Welt schweren Schaden zufügen". Wingham rannte verzweifelt auf und ab. Er versuchte das Ganze zu verarbeiten.

Michael sah Maria an. „Ich glaube jetzt hat er es".

Maria sah ebenfalls überrascht aus.

„Haben sie denn...also...kennen sie...... verdammt, wer hat denn Berger umgebracht?", Wingham war außer Stande mit der Situation klar zu kommen.

"Mir fällt da schon jemand ein", entgegnete Michael. Er hatte die ganze Zeit überlegt ob er Amado, oder wie er auch immer hieß, einen Mord zutrauen würde. Aber er wusste auch. Mörder hatten nicht immer ein bestimmtes Auftreten. Außerdem wusste er auch nicht wer sonst dafür verantwortlich sein sollte.

„Ich habe in Ucero jemanden getroffen, den es allerdings nicht gibt. Falscher Name, falsche Geschichte", fing Michael an zu erklären, "aber, diese Person hatte Kenntnis von alledem. Er brachte mich auf die Spur nach San Bartholome und ebenso hierher. Er verschwand an dem Morgen, an dem wir nach Madrid aufbrechen wollten". Michael hob die Schultern. „Ich habe keine Ahnung wer er war oder warum er so hinter den Dokumenten her war".

„ Aber was wollen sie jetzt machen?", er sah Michael fragend an.

„Ehrlich gesagt, ich weiß es nicht. Diese Wendung hätte ich mir im Traum nicht ausgemalt". Michael sah Maria an. „Vielleicht sollten wir die Dokumente aus Frankreich suchen".

Wingham sah verwirrt rüber, „Welche Dokumente aus Frankreich?".

Marias Gesicht hatte sich erhellt. „Natürlich", rief sie. „Professor? Könnten Sie bitte in der Archäologischen Auswertung anrufen und uns anmelden? Ich erzähle ihnen alles auf dem Weg übers Handy".

Wingham nickte. „Also gut, ich werde dort sofort anrufen. Ich kann hier eh nicht weg".

Michael und Maria gingen in Richtung Tür. „Aber keine weiteren Leichen", rief Wingham hinter ihnen her.

Während der Fahrt hatte Maria, Wingham über alles informiert.

Am Ende klang Wingham als hätte er ein Magengeschwür. Zumindest konnte er bestätigen, das die beiden die Unterstützung der Archäologischen Auswertung erhalten würden. Auch hatte Wingham dort wohl schon die benötigten Dokumente angefordert.

Unter dem Einfluss der Situation, schwiegen beide auf der Fahrt.

Die Archäologische Auswertung war als Unterabteilung der Universität in Madrid eingerichtet worden. Dort sah es aus als ob einfach alle Ausgrabungen ihre Funde abgeladen hätten. Tische voll mit Artefakten standen dort und bemühte Studenten versuchten hier Ordnung rein zu bringen.

Maria und Michael ließen sich zu der Leitung dirigieren.

Die Leitung hatte eine älteres Dame namens Clarinda Sanchez.

Weiße lange Haare und ihre Brille im Steampunk Stil, waren ihr Markenzeichen.

Sie galt als streng aber fair unter ihren Studenten.

Dennoch konnte sie mit Ihrer lockeren Art die jungen Studenten im Zaum halten.

„Ah ja, Sie wurden schon angekündigt. Kommen sie". Clarinda schritt schnell in den hinteren Bereich Raumes.

Sie hechteten hinter ihr her. Sie hatte ein gutes Tempo drauf.

„Die Dokumente sind dahinten", sie winkte den beiden zu.

Sie zeigte auf einen Stapel Kisten. „Da sind sie ja. In diesen Kisten sind alle Artefakte und Dokumente aus dem Kloster in Frankreich".

Michael nickte.

Er drehte sich zu Maria. „Wir schauen wo die Dokumente sind und dann gehen wir die durch".

Maria stimmte ihm zu. Sie nahmen Kiste für Kiste vom Stapel und schauten nach dem Inhalt. Am Ende waren drei Kisten voll mit alten Dokumenten übrig.

Michael sah nachdenklich aus. „Wir brauchen einen Raum in dem wir ungestört arbeiten und den wir aber auch ohne Probleme verlassen können ohne das jemand uns hier auch noch dazwischenfunkt".

Maria dachte an das Archiv. „Auf jeden Fall", sagte sie.

Sie überlegte.

„Natürlich", rief sie plötzlich und kramte ihr Handy aus der Tasche.

Michael konnte nicht hören was sie sprach. Aber er sah wie sie wild gestikulierte.

Nachdem sie die Zustimmung von Clarinda erhalten hatten, saßen sie in Marias Auto und kurvten durch den Verkehr von Madrid.

Lorenzo war baff.

Was war hier passiert? Er hatte an dem Morgen die Ankunft der Wagenkolonne durch die Kamera beobachtet. Noch verwirrter wurde er, als er Michael ankommen sah. Zu Fuß.

Jetzt war er wirklich sprachlos.

Wo kommt der denn jetzt her? Lorenzo schüttelte den Kopf.

Er hatte bis ein Uhr nachts auf sein Handy gestarrt aber der Amerikaner war nicht mehr aufgetaucht. Per Google Earth hatte er zu spät gesehen, dass das Gebäude auf der Rückseite die Tiefgarage, eine Ein- und Ausfahrt besaß. Er fluchte erneut. Gut das sein Gönner ihn nicht hören konnte. Er wusste wie Gottesfürchtig Alessio war.

Lorenzo beschloss sich auf den Weg zu machen und vor Ort herauszufinden was genau da los war.

„Buen dia", er ging auf den Polizisten am Eingang zu. Die Haltung des Beamten versteifte sich. „Si, mi Señor?".

Der Polizist blickte ernst.

„Verzeihen Sie", begann Lorenzo, "Ich bin aus Portugal hierher gereist und wollte das Auswärtige Amt besuchen, was ist denn los?", er versuchte so unschuldig wie möglich zu wirken.

„Dann werden Sie heute kein Glück haben", entgegnete der Polizist. Er wusste das der Vorfall in Kürze eh durch alle Radiosender gehen würde. Also beschloss er konnte er dem Fremden auch ebenso gut eine Erklärung abgeben. Allerdings gab er nur Oberflächlich Auskunft.

Lorenzo war sprachlos. Er bedankte sich höflich und drehte sich um, um in Richtung des Ausgangs zu gehen.

Ein Toter? Wen hat es erwischt? Wer zur Hölle sollte so etwas machen? Lorenzo dachte an Michael, aber verwarf den Gedanken wieder.

Ihm fiel seine Kamera ein. Sie speicherte auch. Er würde später schauen ob da etwas aufgenommen wurde.

Er zückte sein Handy und wählte.

Alessio nickte ernst. Fieberhaft schnellten alle Möglichkeiten durch seinen Kopf. "Hör zu Lorenzo", sagte er schließlich.

„Si?", Lorenzo hörte genau zu.

„Sie werden den Amerikaner und die Frau weiter verfolgen. Und Lorenzo?", es gab eine kurze Pause. „Sie werden dafür sorgen das den Beiden nichts passiert".

Lorenzo dachte er höre nicht richtig. „Habe ich sie richtig verstanden"?, er klang verwirrt. „Die beiden sollen jetzt unter unseren Schutz?".

Alessio bestätigte. „Wir werden sie brauchen. Aber wenigstens, Lorenzo, wissen wir jetzt eins. Die andere Seite ist in Aktion".

Alessio legte auf.

Kapitel 10 - Frankreich 1348 a.D

Henry stand am Rand der Weide. Er hielt einen Holzstock in der Hand und stellte sich vor das er als Ritter all die Bösen bekämpfen würde.

Plötzlich hörte er, wie jemand seinen Namen rief. Die Stimme kam aus dem Kloster St. Eusèbe. Das Kloster lag in der Nähe des Dorfes Saignon. Es war alt und ehemals im Besitz der Templer gewesen. Hinter dem Kloster lagen Felder soweit das Auge reicht. Am Ende der Gebirgskette des Luberon, war es ehemals Versorgungsstation zwischen Avignon und Marseille. Nach der Auflösung des Ordens im Jahre 1314, hatte die Kirche das Kloster wieder in ihren Besitz gebracht. Seit dem unterlag das Klosters den Mönchen und genoss ruhige Zeiten.

Dort war Henry aufgewachsen. Als Sohn von John St. Claire und einer Bauernmagd aus dem spanischen Ucero, wurde er als Knabe nach Frankreich in das Kloster geschickt. Sein Vater war vor ein paar Jahren in Spanien gestorben, so wurde ihm berichtet.

Wie Henry erfuhr, soll sein Vater einem alten Orden angehört haben, der jedoch von der Kirche verfolgt und zerschlagen wurde. Das hatte Henry fasziniert und er versuchte immer wieder mehr über den Orden herauszufinden. Sein Mentor, Pater Philippe fand das allerdings gar nicht lustig und so musste Henry andere Wege nehmen. Im Dorf gab es einen alten Mann, der Henry erzählt hatte, das er die Männer des Ordens noch gekannt hatte als sie noch im Kloster waren. Viele Male hatte Henry den Alten besucht und seinen Geschichten gelauscht. Mit seinen gerade mal 13 Jahren, war Henry schon ein hochgewachsener Junger Mann. Er hatte braunes Haar was von den Mönchen stets kurz gehalten wurde. Sehr zum Missmut des Jungen. Er wollte doch langes Haar und verwegen wie sein Vater sein. So jedenfalls hatte er ihn in Erinnerung. Wieder rief jemand seinen Namen. Henry seufzte und wandte sich in die Richtung in der das Kloster lag.

Erwartungsvoll stand Philippe in der Tür des Klosters. *Dieser verdammte Bengel ist schon wieder abgehauen,* Philippe fühlte sich zu alt um diesen Wirbelwind jedes Mal einzufangen. *Ganz der Vater,* dachte er. Er hatte John St. Claire nie kennen gelernt, wusste aber das er zum Templerorden gehört hatte. Dieser Gottlose Haufen, den die Kirche zu Recht zerschlagen hatte. Niemand würde der Kirche standhalten, hatte Philippe gesagt. Niemand.

Henry war viel zu interessiert an diesen Teufeln und Philippe hatte es zunehmend schwerer ihn auf andere Gedanken zu bringen. Er war kein Freund der Prügelstrafe und so versuchte er mit Vernunft, Henry zu lenken. Allerdings stellte sich das als Herkulesaufgabe dar.

Er schickte den Jungen sofort in dessen Kammer. Sollte er hungrig zu Bett gehen. Vielleicht lernt er ja daraus.

Laut schlug etwas gegen die Holztür. Philippe fuhr hoch. Die Tür wurde aufgeschmissen und im Rahmen stand ein schwer bewaffneter Mann. "Pater, steht auf. Wir übernehmen wieder, was uns einst entrissen wurde." Bevor Philippe antworten konnte, hatte der Ritter ihn gepackt und auf den Gang gezogen. Dort im Licht der Fackeln sah Philippe seine anderen Brüder. Sie knieten auf dem kalten Steinboden, die Köpfe hielten sie gesenkt. Einer der Eindringlinge, sogar noch größer als der, der Phillipe heraus geholt hatte, schritt langsam die Reihe der Mönche ab. Im Fackelschein sah der Hüne im Kettenhemd beeindruckend aus.

Sein Haar floss wild unter dem Helm hervor.

"Mein Name ist Cedric", seine Stimme dröhnte durch den Gang. "Wir werden einige Zeit hier bleiben und ihr werdet unsere

Bemühungen unterstützen." Die Art wie er sprach ließ erkennen, dass er keinen Widerspruch duldete.

"Wer ist hier der Abt?" Am hinteren Ende von Philippe aus gesehen, hob ein alter Mönch zitternd die Hand. Cedric schritt auf ihn zu. Er wollte gerade etwas sagen, als eine Tür aufging. Sofort flogen die Männer herum und hielten ihre Schwerter zum Hieb bereit. Sie schauten nicht schlecht. Aus dem Eingang kam ein Knabe. Noch jung an Jahren und nicht gerade bedrohlich. Einige lachten leise, aber Cedric sah nicht amüsiert aus. "Du, Junge", grollte er. „Komm her und knie dich hin. Henry der aus dem Schlaf gerissen wurde, torkelte wie in Trance auf den Gang und kniete sich neben die Mönche.

Cedric wandte sich wieder dem Abt zu. "Du kommst mit", rief er. Den anderen Mönchen wurde befohlen in ihre Kammern zu gehen und nur rauszukommen wenn danach verlangt würde. Auf Wunsch eines alten Ritters gestattete Cedric das dieser den Jungen mitnehmen konnte. Der Junge trottete hinter dem Mann her. Sie gingen in den Hof des Klosters. Henry wurde auf einmal hellwach. Der Hof war überfüllt von Rittern und Pferden. "So viele?", flüsterte er beeindruckt. "Der Mann nickte. "Ja mein Junge, eine ganze Menge nicht wahr?" Der Ritter winkte und ihm wurde ein Pferd gebracht. "Wohin reiten wir, fragte Henry angsterfüllt. Der Ritter sah die Angst in Henrys Augen. "Beruhige Dich, ich suche einen alten Freund und Du wirst mir helfen".

"Ich?", fragte Henry verdutzt.

Der Ritter nickte und gab dem Pferd die Sporen.

"Bist Du Dir ganz sicher?", fragte Charles. Auf dem Ritt hierher hatte der Ritter sich als Charles de Gaulle, vorgestellt. Was sie hier wollten und wer sie waren, blieb er Henry allerdings schuldig.

Henry nickte schüchtern. "Ja", flüsterte er. "Hier wohnt der Alte, aber was willst Du von ihm?"

Charles antwortete nicht. Sie standen vor einem kleinen Haus am Rand des Dorfes. Das Dach war mit Stroh gedeckt und in dem kleinen Garten vor dem Haus war liebevoll Gemüse angebaut worden. Jetzt standen sie vor der verschlossenen Holztür im Licht des Mondes. Henry war immer noch eingeschüchtert von dem plötzlichen Auftreten der Ritter.

Charles zog ein Schwert hervor und begann mit dem Knauf der Waffe auf die Tür einzuschlagen. Kurze Zeit später hörten die beiden Geräusche von innen. Charles stand vor der Tür. Jeder Muskel in seinem Körper war angespannt. Er wusste nicht was ihn erwartete und ob die Information überhaupt richtig war. Er würde es herausfinden.

Charles holte erneut zum Schlag aus, als er kalten Stahl am Hals spürte.

"Wer wird denn eine wehrlose Tür angreifen", zischte eine Stimme aus dem Dunkel.

Charles blieb ruhig stehen. "Non nobis domine non nobis sed nomine tuo gloriam".

Henry flüsterte, "Nichts für uns, Herr, nichts für uns sondern alles zu Ehre Deines Namens".

Das Schwert verschwand in der Dunkelheit. Eine Gestalt erschien. "Lange ist es her, das ich diese Worte vernahm."

Charles sah den alten Mann an. Zu Henrys Verwunderung lag etwas fast liebevolles in dem Blick. Charles hob die Arme. "Darius mein Bruder."

Die sollen Brüder sein? Dachte Henry. *Schwachsinn.*

Darius zog die beiden in das Haus. Drinnen sah es gemütlich aus. Sie standen in der Wohnstube. Ein Tisch und drei Stühle standen dort. Der Alte der Darius genannt wurde, setzte sich und deutete den anderen an es ihm gleich zu tun.

Als sie saßen, brach Darius das Schweigen. "Also, sprich, wer bist Du und warum nennst Du mich Bruder? Und woher kennst Du den Leitspruch?"

Charles hatte seinen Helm abgenommen. Er war bestimmt so alt wie Darius und seinem Gesicht nach, hatte er einige Strapazen hinter sich. Müde lächelten die Augen Darius an.

Ich komme aus Ucero. Aus San Bartholome. Du selbst hast es vor sehr langer Zeit verlassen. John sagte mir zu seiner Zeit wo ich Dich finden würde. Nachdem auch dort unsere Brüder nicht mehr sicher sind, müssen wir die Ladung, einst aus Jerusalem und Akkon, weiter bringen. Darius nickte. "Das hatten John und Thibaud seinerzeit schon als Ziel gehabt.

Wo sollen die hin?"

Charles sah Darius an. "John hatte einen letzten Wunsch. Nehmt die Kisten aus Jerusalem und meinen Sohn. Sie sollen zu meiner Familie. Von dort aus soll es dann weiter gehen." Darius war überrascht. "Weiter? Wohin weiter?"

"John sagte etwas von einem Land was über das Wasser zu erreichen sei. Das hatte er wohl von seinen Ahnen erfahren. Er sagte, das dort wo keiner etwas suchen würde, die Artefakte sicher seien."

Darius stimmte zu. "Ja die Geschichten von John kenn ich noch. Er war besessen von der Idee das Land nördlich von Schottland zu finden und sich dort niederzulassen. Allerdings wollten die Anderen das nicht."

"Redet ihr von meinem Vater?" Henry hatte lange zugehört. Aber jetzt konnte er sich nicht mehr zurück halten. "Ja mein Junge", Darius sah in liebevoll an. "Dein Vater und ich waren sehr gute Freunde."

Henry sah Darius entgeistert an. "Dann habt ihr auch diesem Teufels Orden angehört?"

Darius und Charles grinsten. "Glaube mir mein Junge. Mit dem Teufel hat das alles nichts zu tun. Ich werde es Dir in Ruhe erklären", versprach er.

Henry glaubte ihm kein Wort.

Charles richtete das Wort wieder an Darius. "Wir werden einiges vorbereiten. Aber Du und der Junge werdet in Kürze aufbrechen und nach Norden reisen."

Er sah Henry an. "Du kommst nach Hause".

Kapitel 11 - Eine alte Linie

Amado saß in dem abgedunkelten Zimmer. Er hatte getan was getan werden musste. Seit Jahrhunderten waren sie auf der Suche. Aber aufgrund der zahlreichen Möglichkeiten waren sie auf direkte Hinweise angewiesen.

Es begann alles im Jahr 1430, als sich eine Gruppe Männer zusammenschloss. Sie alle hatten eins gemeinsam. Sie waren Nachfahren der Templer. Ihre Vorfahren waren entweder zu Tode gefoltert oder auf dem Scheiterhaufen verbrannt worden.

Die Gruppe bestand aus fünf Männern. Der Sprecher der Gruppe war Antonius. Er stammte aus adligem Hause und konnte so der Gruppe in vielen Bereichen helfen.

Ihr Zeichen war ein halbes Tatzen Kreuz mit einer innen liegenden Rose.

Um das zu erkennen musste man aber genau hinschauen.

Sie nahmen den Namen, Bruderschaft der Wahrheit des Temples, an. **Veritas de templo.**

Sie beschlossen im Hintergrund zu bleiben und legten feste und strenge Regeln fest. Bis heute waren sie erfolglos auf der Suche nach

Hinweisen. Die paar die sie finden konnten, führten meistens in eine Sackgasse.

Von Generation zu Generation wurde der Wissensstand des Ordens weitergegeben.

Leider bekam durch nicht nachvollziehbare Kanäle die Kirche Wind davon diese unterhielt eine Gegenorganisation. Diese hatte nur den Auftrag im Namen des Herren, die Aktivitäten und den Fortschritt des Ordens zu verfolgen. Man wollte mit aller Macht verhindern das mögliche Funde in die Öffentlichkeit dringen würden. Bis heute. Direkt trafen die beiden Gruppen nie aufeinander, das lag allein an der Tatsache, dass der Orden nie etwas wirklich interessantes gefunden hatte.

Man hatte herausgefunden das sie sich Tacet Venandi, nannten. Damals hatte Amado lachen müssen. „Schweigende Jäger? Na, viel hat die Kirche ja noch nie zu sagen gehabt", hatte er gesagt.

Allerdings hatte sich der Orden weiter entwickelt. Mittlerweile waren Ordensbrüder in der Politik und in führenden Positionen in der Wirtschaft verankert. So bekam der Orden Möglichkeiten, den der Orden gut in Anspruch nehmen konnte.

Somit war es ihnen auch möglich, die anderen auf Abstand zu halten. Gerade mit den jetzigen Möglichkeiten. Durch die moderne Technik, war es kaum möglich, das die andere Seite unentdeckt bliebe. Schon oft wurden Versuche abgewehrt und Handlanger der Kirche aufgedeckt.

Amado war es nicht entgangen das Ihnen in Ucero jemand gefolgt war. Indem er über Nacht verschwand, versuchte er den Begleiter von der Spur abzubringen. Er wusste, wer diesen Anhang geschickt hatte und da es diesmal vielversprechend aussah musste er diesen Anhang loswerden. Allerdings musste er einsehen, dass dies nicht geklappt hatte. Er war ihnen nach Madrid gefolgt und hatte mit angesehen, wie Michael im Archäologischen Institut des Auswärtigen Amts verschwand.

Amado irrte sich, als er annahm das dort auch die Dokumente aus Frankreich lagerten. Dies musste er feststellen, als er Nachts eindrang und im Archiv lediglich Dokumente aus San Bartholome vorfand. Leider wurde er durch einen Mann gestört. In dieser Richtung war der Orden nie zimperlich gewesen. Und so richtete Amado die Person, in alter Sitte des Ordens hin und hinterließ das Zeichen des Ordens. In der Gewissheit das Michael sie wieder erkennen würde und bestimmt nun auch annahm das Amado damit in Verbindung stand, war Amado in das Ordenshaus in Madrid geflüchtet.

Hier wurde er in ein kleines abgedunkeltes Zimmer gebracht. Das Zimmer eines Ordensbruder. Das Halbdunkel sollte daran erinnern das man im dunkel bleiben wollte. Er wartete darauf, das er dem zuständigen Leiter des Ordenshauses vorgestellt würde.

Amado selber war in einem Haus des Ordens in Valencia zuhause. Er genoss im Orden eine Sonderstellung. Dies gründete auf seiner Erblinie. Ebenso sorgte dieser Zustand dafür das er viele Privilegien genoss.

Er zuckte zusammen, als es laut an der Tür klopfte. Er stand auf.

Amado folgte dem Bruder, der ihn abholte.

In einem schon als prunkvollen Saal zu bezeichnenden Raum, sah Amado den Bruder in der Robe des Obersten des Hauses.

„Amado, mein Bruder", der Oberste kam mit ausgebreiteten Armen Amado entgegen. Amado nahm den Obersten in den Arm.

„Orlando, mein Freund", Amado nahm den ihm angebotenen Platz dankbar an und setzte sich an die sehr einladende Tafel.

Brüder kamen herbei und tischten den Beiden ein üppiges Mal auf. Neben Amado und Orlando saßen noch zwei weitere Brüder mit am Tisch. Orlando stellte sie als Christian und Paolo vor. Sie waren die Vertrauten des Obersten. Dies war eine Regel in der

Hierarchie des Ordens. Jeder Oberste hatte zwei Vertraute die ganz im Sinne einer grauen Eminenz, den Obersten beraten und mit Ratschlägen zur Seite stehen sollten.

Amado erzählte was bisher geschehen war und wie es seiner Meinung nun weiter gehen sollte.

Orlando hörte schweigend zu und nickte am Ende. „Das mit den zwei Toten ist bedauerlich, aber ich erkenne die Absicht dahinter. Derjenige der Euch gefolgt ist, wird wohl von der Tacet Venandi sein. Wir wissen das sie im Piemont untergekommen sind und ihr bester in unseren Breitengraden ist ein gewisser Lorenzo aus Portugal. Er wird es wohl sein der euch folgt".

Orlando schien zu überlegen. „Wenn der Amerikaner das findet was Du vermutest, Amado, dann musst Du ihnen auf der Spur bleiben".

Amado nickte zustimmend.

„Wir werden den kompletten Orden informieren müssen", fuhr Orlando fort. „Wenn wir dir den Weg freimachen, dann solltest Du egal wo, keine Probleme bekommen".

Orlando sah Amado an. „Was war in den Dokumenten in Frankreich genau beschrieben?".

Amado schüttelte den Kopf. „Bevor ich etwas übersetzen konnte, wurde ich gestört durch diesen Ausgrabungshelfer, welchen ich in der Tradition des Ordens beseitigen musste. Das einzige Dokument was ich bis dahin gefunden hatte, war das mit dem Siegel und der Datierung auf das Jahr 1348".

„Vierunddreißig Jahre danach?", hauchte Orlando.

Amado sah die drei an. „Ja, das ist der Beweis. Der Orden hatte überlebt und für alles vorgesorgt.

Orlando nickte. „Gut, dann müssen wir an den beiden dran bleiben. Aber denk dran das dieser Lorenzo noch irgendwo lauert".

„Wenn es nötig ist, wird er kein Problem sein", erwiderte Amado.

Michael sah sich ungläubig um.

Ihre Fahrt hatte sie an ein modernes Gebäude mitten in Madrid gebracht. Der Komplex war riesig und mit großen Buchstaben stand draußen, worum es sich handelte.

„Polizeipräsidium?", Fragte er.

Maria lachte. „Hier wird keiner einbrechen. Mein Bruder ist hier am Arbeiten. Ich werde mit ihm reden und ihn fragen, ob wir die Dokumente hier übersetzen können".

Michael nickte anerkennend.

Er folgte Maria zum großen Eingangsportal. Kurz hinter dem Eingang war eine Sicherheitstür. Maria drückte die Klingel. Nachdem sie dem Beamten erklärt hatte wer sie waren und wen sie suchten, wurden sie eingelassen.

Maria und Bernard hatten sich immer sehr nah gestanden. Er war ihr Anker. Diesen hatte sie nach etlichen erfolglosen Beziehungen oft in Anspruch genommen. Bernard hatte sie immer getröstet. Sie sollte den Kopf nicht hängen lassen, hatte er ihr erklärt. Der Richtige würde schon kommen. Sie hatte die Hoffnung irgendwann aufgegeben und sich ihrer Arbeit gewidmet.
Im Gegensatz zu Maria, war Bernard eher der pragmatische Typ. Er hielt sich an Fakten und konnte mit den romantischen Geschichten der Vergangenheit, die Maria öfters vortrug nicht viel anfangen. Er hatte ihr immer gesagt, wenn sie es beweisen könnte, dann wäre das etwas. So bliebe es eine Gute Nacht Geschichte, mehr nicht.
Das tat ihrer Beziehung aber keinen Abbruch. Wenn die kleine Schwester ihn brauchte, dann war er da.

„Maria", ein junger Mann kam auf sie zu. Maria ließ sich in seine Arme fallen. „Bernard, es ist schön Dich zu sehen".

Die beiden sahen sich lange an. Michael räusperte sich.

„Ach ja, entschuldige, das ist Michael. Er kommt aus Kalifornien".

Bernard wandte sich Michael zu. „USA", sagte Bernard. „Ich freue mich Sie kennen zulernen".

Michael schüttelte die ihm angebotene Hand. „Es freut mich auch".

Sie gingen in Bernards Büro.

„Also Schwesterherz, was kann ich dieses Mal für Dich tun?"

Maria erzählte Bernard in Kürze worum es ging. Sie verschwieg dabei einiges, da sie wusste das Bernard für alte Geschichte nicht viel übrig hatte. Er war der Meinung, das alte Ritter und ihre Legenden nichts als Spinnerei waren.

„Von dem Mord im Institut habe ich gehört. Ich hatte gehofft, das Dir nichts passiert ist", er sah die beiden an. „Und natürlich könnt ihr hier eure Dokumente durchgehen. Ich werde dafür sorgen das euch ein Raum bereit gestellt wird."

Bernard stand auf und brachte die beiden raus. Auf dem Flur bedeutete er ihnen zu warten.

Bernard hatte dafür gesorgt das sie ungestört in einem nicht genutzten Verhörzimmer arbeiten konnten. Michael war mulmig zumute bei dem Gedanken das hier normalerweise Verbrecher saßen.

Bernard hatte ebenfalls geholfen die Kisten ins Gebäude zu bringen und so begannen die beiden mit der Durchsuchung der vor Ihnen liegenden Dokumente.

Während sie über den Papieren saßen, brachte Maria auf den aktuellen Stand. Sie war zwar mit den allgemein Bekannten Geschichten vertraut, aber das war es auch schon.

Maria unterbrach Michael nur kurz mit einem Lachen, als Michael von Kanada erzählte.

„Ich dachte immer Kolumbus hätte Amerika entdeckt und als erster betreten".

Michael verneinte, „ Also ersten waren die Ureinwohner schon da", er grinste, „und zweitens waren die ersten Nichtureinwohner, die Wikinger. Funde bezeugen deren Anwesenheit. Aber auch die Templer um Henry St. Claire sollen dort um 1400 rum gewesen sein."

Maria war erstaunt. „Das ist ja Hammer", sagte sie trocken.

„Ja", sagte Michael. „Aber das alles sind Legenden und alte Geschichten. Nichts ist belegt oder bewiesen".

Maria lachte. „Du hörst Dich an, wie Bernard."

Michael grinste.

Dann wurde er ernst. Er erzählte Maria von einer weiteren Legende.

„Es heißt, das irgendwann Jahrzehnte nachdem die Templer aufgelöst wurden. Der Vatikan unter Clemens VI., eine geheime Organisation ins Leben gerufen hat. Diese hatte die Aufgabe, die Templer ausfindig zu machen und das was sie versteckt hatten, in den Besitz des heiligen Stuhls zu bringen. Sie wollten alles vor den Menschen verstecken um ihren Status zu erhalten."

Maria sah ihn an. „Ein Geheimbund? Denkst Du das dieser Amado, etwas damit zu tun hatte?"

Michael sah sie an. „Ich weiß es nicht".

„Woran erkennt man die denn?"

Michael nahm sich ein Blatt und zeichnete etwas drauf. „ich weiß nicht ob es so aussieht, aber es wird erzählt, das sie ein Symbol tragen. Ein Kreuz, Ein darüber gelegter Bogen und ein Pfeil. Wie auch immer das angeordnet ist. Gesehen hat es wohl außerhalb noch keiner."

Maria nickte zum Zeichen das sie verstanden hatte und sie setzten ihre Arbeit fort.

Seit Stunden hingen sie über dem Berg Papiere. Maria streckte sich. „Ich brauch nen Kaffee", sie gähnte. Michael nickte. Kaffee war eine prima Idee.

Maria versprach Michael einen mitzubringen und verließ den Raum.

Kurze Zeit später betrat sie den Raum mit einer großen Tasse in jeder Hand. Michael saß hinter dem Tisch hielt ein Dokument hoch und Maria gefiel der jubelnde Gesichtsausdruck.

„Wir haben es", rief Michael erfreut. „Wir haben es tatsächlich gefunden",

Maria trat näher heran. Das Dokument sah aus wie eine Liste. Maria fiel das Datum auf dem Dokument auf. 1363.

„Kann das sein? Stimmt das Datum"?.

Michael sah sie triumphierend an.

„Klasse nicht wahr? Also aus diesem und…", er wühlte im Stapel und zog ein zweites Dokument heraus, „…diesem hier, geht hervor das etliche Lieferungen aus dem Süden im Jahr 1291 nach Frankreich kamen und sogar noch bis 1348 weiter geleitet wurden". Michael holte Luft.

„Weißt Du was das bedeutet"? Er sah Maria an, „das ist der Beweis, das die Templer fast ein halbes Jahrhundert nach Ihrer Auflösung noch bestanden haben".

Michael sah auf das Dokument, welches er aus dem Stapel gezogen hatte und auf einmal zog er zischen die Luft ein.

„Das kann nicht sein", flüsterte er ungläubig.

„Was denn, Michael"?, Maria sah ihn an.

„Der Name hier. Thibaud. Das kann nicht sein. Der Geschichtsschreibung nach, soll Thibaud Gaudin nach dem Fall von Akkon im Jahr 1291 nach Zypern, genauer nach Sidon geflohen sein. Dort wurde er im Frühjahr 1292 zum vorletzten Großmeister ernannt und sollte in Marokko und im Abendland den Orden wieder aufbauen. Was ihm nie gelang. Hier allerdings ist die Rede von Thibaud, der nach dem Fall von Akkon den Transport nach Spanien begleitete".

Das war eine Sensation.

„Was steht denn noch da"?, Maria war neugierig geworden und irgendwie hatte die Freude von Michael sie angesteckt. Michael sah auf die Papiere. „Die Lieferungen kamen von Spanien nach Frankreich und wurden zwanzig Jahre danach weiter verteilt. Die Templer gingen dabei sehr strategisch vor. Allerdings ging das Ganze von hier aus in den Norden, sieh mal an, es ging nach Schottland. Dort sollte dann alles Weitere geregelt werden. Sie wollten ihren Besitz nicht an einem Ort lagern, sondern sie verstreuten alles an so vielen Orten wie möglich.

„Und dieser Thibaud ist da so wichtig, weil?" Maria sah ihn fragend an.

Michael schaute ihr in die Augen. „Na wenn er im Gegensatz zu den Überlieferungen einen ganz anderen Weg eingeschlagen hatte. Belegt das zumindest, das die Geschichte anders verlief als man uns glauben machen wollte. Es zeigt zudem, das sie geahnt hatten, das etwas auf sie zukam und das sie sich vorbereitet hatten."

„Was passierte dann mit ihm?" Maria hatte verstanden warum das alles so wichtig war. Michael war ein guter Lehrer und seit sehr langer Zeit mal ein Mann, der nicht direkt auf ein Date aus war. Das machte ihn für Maria schon wieder interessant.

Sie sah ihn an. So wie er da saß, so voller Feuer und Energie, fühlte sie sich schon zu ihm hingezogen. Sie mahnte sich innerlich, die Haltung zu wahren. So einfach sollte es für ihn nicht werden.

Hier", er hielt ein drittes Pergament hoch. „Hier ist sogar eine Beschreibung wie man sie vergraben und sichern konnte. Wir brauchen davon eine Skizze. Moment".

Ihm fiel siedend heiß an, das er sich schon lange nicht mehr bei Heather gemeldet hatte. „Ich muss kurz telefonieren", rief Michael und ging aus dem Raum.

„Ach, hat der Herr dann doch mal Zeit sich zu melden?" Heather klang schwer beleidigt". „Sorry, Heather. Das Alles tut mir echt leid. Es ist so viel passiert". Michael brachte Heather auf den neuesten Stand. Allerdings erzählte er ihr dieses Mal auch von dem Mord in Madrid. Heather reagierte besorgt.

„Michael, sei bloß vorsichtig. Wenn Euch da jemand auf den Fersen ist, kann das sehr gefährlich werden".

„Heather", Michael versuchte sie zu beruhigen. „Natürlich bin ich vorsichtig. Aber was wir jetzt schon gefunden haben, ist kaum zu fassen. Ich muss da dran bleiben. Ach ja, bevor ich es vergesse, ich brauche eine Zeichnung, für eine Anlage die in einem Text beschrieben ist".

„Schick mir was Du hast, ich versuche mal daraus etwas zu entwerfen".

„Das kannst Du"? Michael versuchte Sarkastisch zu klingen.

„Naja besser als Du einen Computer bedienen", konterte Maria.

Touche, dachte Michael.

Sie hatten sich die wichtigsten Dokumente geschnappt und den Rest zu Clarinda gebracht.

Diese war überrascht, als sie ihr erzählten was in den Dokumenten stand.

„Also waren die Templer noch lange nicht am End? Aber was haben sie beide jetzt vor?"

„Na wir machen es wie die Fracht, wir unternehmen eine Reise nach Norden", lachte Michael.

Danach fuhren sie zu Michaels Wagen und holten den Koffer. Michael gab dem Mietwagenservice, den Standort durch und man versprach den Wagen abholen zu lassen.

„Was nun"?, Maria war im Jagdfieber.

„Naja", entgegnete Michael, „jetzt kannst Du mich am Flughafen absetzen. Es geht nach Schottland".

Maria fühlte einen innerlichen Schmerz.

Maria sah ihn beleidigt an, „Und was ist mit mir?".

Michael war irritiert, „was soll mit Dir sein?".

„Na willst Du allein nach Schottland?".

Michael überlegte kurz. Es konnte gefährlich werden und er hatte Gefallen an Maria gefunden. Sie war so lebendig und ihre Art hatte Michael in ihren Bann gezogen. Aber wollte er sie dieser möglichen Gefahr aussetzen?

Michael war überrascht. „Hatte ich eigentlich so geplant. Willst Du mit? Ich meine es könnte echt gefährlich werden.".

Maria schien unsicher zu werden. „Na ich dachte...", es kam zögerlich, „... na ich dachte das wir zusammen weiter machen". Sie sah ihn gleichzeitig fragend und auch bittend an. Dann setzte sie sich gerade hin. „Außerdem bin ich alt genug auf mich auszupassen, auch ohne einen Ritter in glänzender Rüstung der mich beschützt", erklärte sie selbstsicher.

Michael war beeindruckt über die Stärke, die diese junge Frau ausdrückte.

Er lächelte. „Na dann willkommen im Team".

Maria strahlte.

Sie fuhren zu Marias Wohnung und sie packte geschwind ein paar Sachen zusammen.

Michael wartete im Auto.

Sie brauchte keine zwanzig Minuten dafür und schon waren sie wieder im Auto. Sie fuhren Richtung des Flughafens.

Ihnen folgte ein ratloser Lorenzo.

Was haben die bloß vor?

Er hatte Stundenlang gewartet bis ihm Alessio mitteilen konnte wo der Amerikaner sich aufhielt. Etwas hatte das Signal blockiert und sie brauchten alle Kniffe um das Signal wieder zu bekommen.

Die Nachricht war überraschend. Der Amerikaner war im Polizeipräsidium. Mit der Angestellten des Instituts. Was verdammt machten die beiden?

Dadurch, dass sie das Signal wieder hatten, konnte er sich bei der Verfolgung der beiden ruhig Zeit lassen. Allerdings konnte Lorenzo sich nicht erklären was dieses hin und her sollte. Sie fuhren zu Michaels Auto, dann zu einer Adresse im Süden Madrids und jetzt ging Richtung Flughafen. *Die hauen ab,* dachte Lorenzo.

Er informierte seinen Gönner. Die Antwort war kurz und knapp. Folge ihm! Das war alles.

Lorenzos Freude hielt sich in Grenzen. Eigentlich wollte er nur einen Auftrag übernehmen und sich dann seinem normalen Leben widmen. Nun würde er Gott weiß wohin fliegen.

Amado saß im Ordenshaus. Man hatte ihn informiert das der Amerikaner in Begleitung auf dem Weg zum Flughafen war. Er hatte es nicht eilig. Er könnte dem Amerikaner folgen. Amado wollte erst einmal sehen wohin die beiden wollten.

Eins stand auf jeden Fall fest. Sie hatten etwas gefunden. Einen weiteren Hinweis womöglich. Amado begann Vorbereitungen zu treffen. Er würde ihnen folgen, das stand fest. Aber die Kirche ebenfalls und er wollte sich den anderen nicht so schnell zeigen. Das könnte sowieso noch früh genug unvermeidbar werden.

Als Amado alles erledigt hatte beschloss er abzuwarten.

Das Wummern der Triebwerke wirkte einschläfernd auf Michael.

Das Einzige was ihn daran hindert sich in Morpheus Arme zu begeben, war seine Begleitung, Maria.

Sie saß aufgeregt neben ihm und machte den Eindruck, als ob sie noch nie geflogen war.

„ Weißt Du, ich fliege zum ersten Mal", sagte sie nervös.

Bingo, dachte Michael.

„Na dann genieß den Flug", Michael gähnte. „Schau Dir den Film an, ich mach mal die Augen zu". Maria nickte.

„Michael! Wach auf! Wir stürzen ab".

Michael wurde wach, als ihm eine Naturgewalt am Arm riss.

Maria saß mit Panik in den Augen neben ihm. Sie zitterte am ganzen Körper.

Michael versuchte erstmal einen klaren Gedanken zu fassen. Die Maschine taumelte und es ging auf und ab. *Turbulenzen,* dachte Michael.

„Keine Sorge", er legte die Hand auf Marias Schultern. „Das sind Turbulenzen, einfache Winde. Es ist alles gut und wir werden auch nicht abstürzen". Maria sah nicht sehr überzeugt aus. Michael nahm eine Stewardess zur Hilfe und zusammen versuchten sie Maria von dem nicht drohenden Absturz zu überzeugen. Schließlich gelang es ihnen und Maria wurde ruhiger.

Nachdem Michael Maria erneut überzeugen konnte das ein Landeanflug kein Absturz ist, waren sie an ihrem Ziel angekommen. Edinburgh. Schottland.

Es war früher Abend und sie beschlossen sich ein Hotel zu suchen und am nächsten Tag die weitere Suche aufzunehmen. So saßen sie in der Hotelbar an einem kleinen etwas abgelegenen Tisch. Michael hatte die Dokumente vor ihnen ausgebreitet und beugte sich darüber.

Michael hatte sich die Dokumente angesehen. Eines war mit einem Siegel versehen und sprach wohl die Mitglieder des Ordens der Templer an. Es trug ebenfalls das Datum 1363 a.D.

In den Norden auf die Insel wollen wir gehen.
Dort im Norden wo Skoten einst hausten, die Kirche der Rose.
Sie der Norden des Kreuzes, unser Heim.
Unten am Kreuz, Steine am Wasser,
Welches die Richtung wechselt.
Der Fuß wird überquert.
Dort wird das Ziel preisgegeben.

Dieser Unsinnige Text war das einzige was Michael als Hinweis dem Dokument entnahm.

Er dachte nach. Dieser Text ging ihm nicht aus dem Kopf und als er letztendlich mit

Maria in der Bar im Hotel saß, kam ihm dieser Text wieder in den Sinn.

„Das, was ich weiß ist, das hier die Kapelle von Rosalyn erwähnt wird. Sie ist im Besitz der Familie St. Claire, die mit den Templern in Verbindung standen. Aus dieser Familie kam auch Henry St. Claire hervor. Die Kapelle enthält etliche Zeichen der Templer. Allerdings wurde die auch erst ab 1456 gebaut, was vierzig Jahre dauerte. Aber dort stand das Anwesen der St. Claires. Somit steht dies am nördlichen Punkt des Kreuzes. Wo ist also der südliche?"

„Wir brauchen eine Karte". Michael stand auf. „Warte, ich geh zur Rezeption, ich brauche eine Karte von Schottland".

Maria nickte und nippte an ihrem Weinglas.

Michael wartete an der Rezeption, bis die junge Dame hinter dem Tresen Zeit hatte.

Sie händigte Michael die gewünschte Karte aus und fragte höflich ob sie noch etwas für ihn machen könnte. An ihrem Blick konnte Michael erkennen, wie sie es meinte. Er schüttelte lächelnd den Kopf. Er bedankte sich höflich und wandte sich dem Weg zurück zu Maria zu, als sein Handy klingelte.

Heather meldete sich, „Ich habe Deine Beschreibung mit einem Ingenieur Programm eingegeben und schicke Dir gleich die daraufhin entwickelte Zeichnung. Interessant, wo kommt das her?".

Heather war verblüfft als Michael ihr erklärte das die Beschreibung aus einem sehr alten Dokument stammte.

„Also ich hab mit einem Freund an der Universität für Ingenieure gesprochen und dieser sagte das wäre ein Top Modernes Abwehrsystem für unterirdische Verstecke."

„Tja", antwortete Michael. „Top modern, können wir in diesem Fall wohl streichen".

Sie versprach ihm die Zeichnung aufs Handy zu schicken und Michael ging zu Maria zurück.

Michael breitete die Karte auf dem Tisch aus. Nachdem er ein Schluck Wein genommen hatte, schaute er hinunter. Also hier war die Kapelle, sein Blick ging weiter runter. Wie groß sollte das Kreuz sein? Michael schaute am südlichen Ende von Schottland nach. Dort verlief der Hadrianswall. Also früher. Es war von Steinen die Rede und der Wall war größtenteils aus Steinen gebaut. Aber welches Wasser wechselt hier die Richtung? Michael verzweifelte. Nirgends sah er einen Anhaltspunkt.

Maria sah interessiert zu. „Also wenn ich in einer Zeit leben würde, wo ich kein Auto, keinen Zug oder ein Flugzeug hätte, würde ich keine so große Strecke auf mich nehmen", sie lächelte.

Michael nickte. „Aber sie kamen sogar von Frankreich hierher und ganz am Anfang waren sie sogar in Jerusalem, gab er zu bedenken".

„Schon klar", gab Maria zu, „aber hier mitten im Nirgendwo in der unwegsamen Welt der Highlands?", Maria sah Michael an. „Also hier würde ich so eine Tortur nicht mitmachen wollen".

Sie hatte nicht unrecht. Schottland war nicht so vernetzt wie Europa oder das Abendland. Er zog das Kreuz kleiner.

Da sah er es.

Wie konnte er nur so blind sein? Maria hatte recht gehabt. Michael zog Maria an sich vor Freude und gab ihr einen Kuss.

„Na aber Hallo, Herr Doktor", Maria schien das nicht unangenehm zu sein. „Äh, sorry", Michael realisierte gerade was er getan hatte. Aber Maria winkte ab. „Ja ja schon klar, Du bist verheiratet oder hast schon jemanden in den Staaten, der auf Dich wartet".

„Ähm, nein da ist niemand", warf Michael schnell ein.

„Na dann", entgegnete Maria und zog Michael an sich. „Dann ist es ja nicht verboten". Michael wehrte sich nicht.

Sie saßen beim Frühstück, nachdem sie von zwei Zimmern nur eins benötigt hatten.

Maria sah sehr glücklich aus und auch Michael fühlte sich nicht unwohl.

„Können wir heute nicht einfach mal shoppen gehen und uns die Stadt anschauen"?, Maria schien ein wenig zu schmollen.

Michael verneinte. „Leider nicht, aber vielleicht entschädigt Dich ein Spaziergang im Rosslyn Parc".

„Naja ein Park ist auch etwas Schönes", Maria schmiegte sich an Michael.

Das war es, was Michael gestern gefunden hatte. Bevor die beiden sich einem anderen Verlauf des Abends hingaben hatte Michael das Kreuz so klein gezogen, das ihm etwas aufgefallen war. Sie hatten keinen weiten Weg gewählt. Sie hatten nur nicht die Kapelle genommen. Eventuell weil sie zu offensichtlich gewesen wäre. Michael fand kurz unter der Kapelle den Park von Rosalyn gesehen und darin standen die Überreste von Rosslyn Castle. Da waren die Steine und Michael fiel auf das kurz dahinter ein Fluss lag, der in dem Bereich einen scharfen Knick machte. Es wechselte die Richtung. Maria hatte Recht gehabt. Sie nahmen keinen großen Marsch auf sich. Michael war beeindruckt.

Sie beschlossen nach dem Frühstück ein Taxi zu rufen und nach Rosslyn zu fahren.

Lorenzo konnte es nicht fassen. Er stand in Schottland. Er war wütend und planlos zugleich. Als er sah das die beiden eng umschlungen sich zurückzogen, entschied er ebenfalls ein Zimmer zu nehmen. Er besprach sich mit Alessio.

„Also in Schottland gibt es nur einen Punkt der in Frage kommt. Rosslyn Chapel. Der Ort wird immer und immer wieder mit den Templern in Verbindung gebracht. Allerdings wurde das erst später erbaut. Allerdings hat die Verräter Familie der Sinclair dort im Rosslyn Castle gehaust. Jetzt sind wir einen Schritt voraus. Schauen Sie was die beiden dort finden und melden sie sich sofort."

Lorenzo bestätigte und folgte den beiden als sie in Richtung Taxi gingen.

Michael hatte den Text abfotografiert und rief ihn jetzt auf um zu sehen wo sie genau suchen müssten.

Der Fuß wird überquert.
Dort wird das Ziel preisgegeben.

Der Fuß? Sollte es vielleicht der Fluss heißen? Davon ausgehend, das der Fluss schon erwähnt wird, ging Michael davon aus, das hier einfach nur ein Textfehler vorlag. Er würde auf der anderen Seite des Flusses nachschauen.

Sie ließen sich direkt zur Burg fahren. Auf dem Weg dorthin wechselten sie kaum ein Wort. Michael dachte über den Text nach und Maria sah zufrieden aus dem Fenster und genoss die neue Umgebung.

Bevor das Taxi auf die Brücke zur Burg fuhr. Lies Michael den Wagen anhalten. Sie stiegen aus.

Es gab das typisch schottische Wetter. Wolkenverhangener Himmel und ab und zu gab es den berühmten schottischen Regen. Immer schön senkrecht.

„Wollen wir denn nicht zur Burg"? Fragte Maria.

„Ich will mir vorher etwas anderes anschauen", antwortete Michael.

Sie verließen den Hauptweg und gingen oder rutschten teils den Hang durch die Bäume hinab. Unten angekommen sah Michael hoch zur Brücke. Sie lag weit über ihnen. „Komm wir müssen zum Fluss".

Sie kraxelten mehr als das sie gingen durch das Unterholz und entfernten sich von der über ihnen liegenden Burg.

Dann standen sie am Ufer des North Eck. Der Fluss der sich um die Burg schmiegte. Michael sah ein das man den nicht mal eben überquerte. Also versuchte er das andere Ufer abzusuchen. Irgendwas musste dort sein und irgendwie musste er den Punkt finden.

Ihm brannten schon die Augen vor lauter Konzentration, aber nichts war dort.

Michael verzweifelte. „Was suchst Du, wie kann ich dir helfen"? Maria sah die Verzweiflung bei Michael und wollte ihm unbedingt helfen.

„Es sollte hier sein", sagte er kraftlos. „Vielleicht ist es aber auch in der langen Zeit einfach verschwunden, zusammengefallen oder abgerissen worden. Egal was es war."

Michael lies mutlos den Kopf sinken.

„Ich dachte ich hätte es, aber hier ist nichts. Ich denke das wars. Aus. Ende".

Enttäuscht traten sie den Rückweg an. Maria sah die Qual in Michaels Augen. So kurz vor dem Ziel und dann war es das einfach. Maria wollte Michael den Schmerz nehmen, wusste aber nicht wie. Sie kamen zu dem Hang, den sie auf dem Hinweg schon hinunter gestolpert waren.

Michael sah hoch. Ihm kam der Text in den Sinn.

Der Fuß wird überquert.

Es war kein Fehler. Es traf ihn wie ein Schlag. Überqueren, natürlich. Man überquert etwas über eine Brücke und es war nicht der Fluss sondern der Fuß. Der

Fuß der Brücke. Neue Hoffnung keimte in Michael auf.

„Komm", rief er Maria zu. Sie blickte ihn erstaunt an.

Diese plötzliche Wendung in seinem Verhalten verwirrte sie. Ließ sich aber ohne Gegenwehr mitreißen. Sie rannten unter die Brücke.

„Es heißt am Fuß der Brücke. Hier unten muss es sein", keuchte Michael. Sie suchten den Boden ab. Da war nichts.

Michaels Blick wanderte zu dem Übergang zur Burg. Dort wo die Mauer der Burg anfing genau unter der Brücke sah er etwas. Er schritt darauf zu.

XV YB

Auf beiden Seiten der Zeichen waren Tatzen Kreuze in den Stein gearbeitet worden.

Michaels Herz raste. Das war es. Hier am Fuß der Brücke unten an der Burg. Er beruhigte sich. Aber was hatten die Zeichen zu bedeuten?

Michael schaute an allen Seiten neben den Zeichen nach Auffälligkeiten. Nichts.

„Sieht so aus wie römische Zahlen, also der Anfang", bemerkte Maria.

Stimmt. Michael sah sich die genau an. Die Zahl fünfzehn stand dort. Wenn man diesem Weg folgte.

„Ok", gab er zu. „Aber YB? Das ist absolut nichts was in das römische Zahlenkonstrukt reinpasst".

„Heißt vielleicht nur Yard Back", Maria dachte es mehr als das sie es sprach. Michael hatte es dennoch gehört.

Sein Blick glitt nach hinten. *Könnte das sein?* Er schritt zum ersten Pfeiler der Brücke. Genau fünfzehn Yard.

„Du bist ein Genie", rief er Maria zu. Sie sah ihn überrascht an.

Schnell lief sie zu Michael. „Und was ist hier?".

Michael sah sie an. „Na ein Brückenpfeiler". Er grinste.

„Ha ha", sie stieß ihm in die Seite. Auf jeden Fall war Michaels Frohsinn wieder da.

Michael kniete am Ende des Pfeilers und sah ihn sich genau an. Er umrundete dabei den kompletten Fuß. Da sah er es. Zwischen den grauen Steinen aus denen der Fuß gemauert war, stachen vier rote Steine hervor. Keine Zeichen. Einfach nur andersfarbig. Michael kramte in seiner Hosentasche. Er holte ein Klappmesser heraus und begann die Fugen zwischen den Steinen herauszukratzen. „Dürfen wir das?", Fragte Maria.

In diesem Moment fand Michael sie schon sehr naiv. „Natürlich nicht", er sah kau hoch zu ihr. „Aber verzweifelte Situationen benötigen ebensolche Handlungen. Die Brücke wird schon nicht einstürzen".

Michael arbeitete fieberhaft weiter. Zwei Steine waren schon recht locker und Michael würde sie in Kürze herausnehmen können, als er das laute Klacken einer Waffe , deren Abzug gespannt wurde hinter sich hörte. Sie fuhren herum.

„So sieht man sich wieder, mein Freund".

Hinter der Mündung in die Michael schaute, konnte er ein bekanntes Gesicht erkennen. Amado Waldo.

Lorenzo war zwanzig Minuten nach den beiden an der Burg von Rosslyn angekommen. Der Fahrer hielt auf dem Parkplatz hinter der Brücke an und entließ seinen Fahrgast. Lorenzo sah sich um. Das Areal der Burg war nicht gerade klein und Lorenzo überlegte wo die beiden wohl hingegangen waren.

Es gab jede Menge Möglichkeiten und Lorenzo verzweifelte. Er entschied einfach mal loszulaufen und zu schauen ob er sie finden würde.

„Amado?", Michael sah ihn fassungslos an.

„Ja Michael. Sorry aber ich musste in Ucero abtauchen. Und da Du uns jetzt hierhin geführt hast. Müssen wir den Weg nun zu Ende gehen. Aber da wird Deine Hilfe wohl nicht mehr benötigt". Er winkte mit der Pistole. „Na grab schon weiter".

Michael begann weiter zu arbeiten. „Aber Amado, was ist hier los. Worum gehts es hier und wer bist Du?".

Amado lachte. „Also Herr Doktor. Ich hatte ja schon befürchtet das Du anhand meines Namens eher drauf kommen würdest. Aber so gut bist Du anscheinend doch nicht".

Michaels Gehirn arbeitete auf Hochtouren.

Amado, nein der Vorname ist es nicht. Waldo. Waldo? Waldo. Michael wiederholte im Geiste den Namen immer und immer wieder.

Da traf es ihn. Natürlich.

„Das kann nicht sein", stöhnte Michael. „Du bist ein Gaudin? Ein direkter Nachfahre von Thibaud?".

Amado lachte triumphierend. „Da macht der Doc auf der Zielgraden noch einen Volltreffer". Er nickte anerkennend. „Alle Achtung Michael. So ist es. Ich bin sein Nachfahre und werde der Welt zeigen was der Orden in der Hand hatte".

„Wie kommst Du da drauf das sie etwas in der Hand hatten und gegen wen? Die Kirche?".

Amado grinste breit. Er war sich seiner Sache sicher.

„Na was denkst Du denn? Das sie etwas aus Jerusalem rausholten ist doch klar. Das sie danach die Kirche in der Hand hatten, zeigt sich schon daran, das die Kirche Ihnen alles gab, was sie verlangten".

„Das ist doch nur eine Legende", warf Michael ein.

„NEIN", schrie Amado wütend, „DAS, ist Realität und die Kirche weiß das auch. Seit dem es uns gibt jagen sie uns um zu verhindern das wir es finden und den Menschen zeigen".

„Und was"?, Michael hatte aufgehört zu kratzen und sah Amado an.

„Schön weiter buddeln Doc", Amado fuchtelte wieder mit der Waffe vor ihm herum.

„Das ist der Grund warum wir hier sind. Nämlich das herauszufinden".

Michael hatte die zwei Steine gelöst.

Er zog sie sachte heraus. Dahinter kam ein Hohlraum zum Vorschein.

Dort schien etwas längliches in Leder gehüllt verstaut worden zu sein.

Michael zog das Päckchen vorsichtig heraus.

„Aufrollen", Amado bellte den Befehl. Er war innerlich angespannt und konnte es kaum erwarten.

Michael legte die Lederrolle auf den Boden und begann die dünnen und brüchigen Schnüre aufzuknoten.

Als er endlich das Päckchen aufrollte, kamen vier Seiten Pergament zum Vorschein. Drei waren beschriftet und auf einem war eine Zeichnung zu sehen.

„Na dann", Amado hielt Michael die Waffe vors Gesicht. „Nun sag Good Bye, mein Freund. Und das nehme ich", sagte Amado und zeigte auf die Blätter".

„Wollen Sie uns erschießen?". Maria hatte sich bisher völlig rausgehalten. „Ich denke das wird nicht nötig sein", entgegnete Amado. „Ohne das hier wird Euch der Weg verborgen bleiben und es muss hier auch keiner sterben. Heute nicht".

„Warte", Michael hatte sich hingesetzt. Er wollte Amado nicht auch noch einen Grund zum abdrücken liefern. „Was jetzt? Ihr jagt den Schatz Deines Vorfahren und zeigt ihn der Welt? Denkst Du wirklich das die Glaubwürdigkeit hier auf der Seite von Mördern liegen wird? Die Menschen werden sich doch nicht so einfach beeinflussen lassen".

„Abwarten", Amado drehte sich weg. „Das kommt immer auf die Präsentation an", rief er noch im Weggehen.

Dumm, aber da hat er Recht, dachte Michael.

Sie wussten nicht wie lange sie da gesessen hatten. Schweigend hockten sie neben der Lederhülle, die Amado dort gelassen hatten.

„Es tut mir leid", Michael brach das Schweigen und nahm Maria in den Arm. Sie schmiegte sich an ihn. In der Zwischenzeit hatte es angefangen zu regnen. Allerdings saßen sie im Schutz der Brücke über ihnen und so bekamen sie nichts ab.

„Weißt Du, wichtig ist doch, das uns nichts passiert ist", warf Maria ein.

„Ja klar, aber ist schon blöd, wo wir so weit gekommen sind".

Maria sah im in die Augen, „Ja und? Was soll das heißen?".

Michael sah sie an wie ein naives kleines Kind. „Du weißt aber schon, das Amado mit den Dokumenten verschwunden ist?".

Maria lachte. „Aber nicht mit meinem Gehirn", sagte sie und tippte sich an die Schläfe. „Fotografisches Gedächtnis, oder was meinst Du warum ich im Archiv gesessen habe? Das war und ist mein Vorteil".

Michael gab ihr einen langen Kuss.

„Na dann lass uns mal…", er schoss herum. Hinter Ihnen knackte ein Ast. Michael war sicher das Amado sich das Ganze überlegt hatte und zurück gekehrt war. Überraschend sah er einen jungen Südländer der im Anzug den Hang herab kam. Glänzend hinterließ der Regen seine Spuren auf dem dunklen Stoff.

„Wer sind Sie denn?", rief Michael dem Mann entgegen.

„Lorenzo. Lorenzo Complona, geht es Ihnen gut?" Er kam näher. Maria presste sich an Michael.

Michael stellte sich schützend vor sie. Sein ganzer Körper war angespannt. Er würde sie verteidigen. Egal wie das ausgehen würde.

Michael nickte. „Ja uns geht es gut. Was führt sie hier runter? Die Burg und die Besichtigungen sind glaub ich eher da oben". Michael deutete nach oben auf die Burg. Lorenzo gefiel der Amerikaner. „Da war ich schon", er grinste. „Aber ich denke hier unten ist mehr Action".

Da kannst Du von ausgehen, dachte Michael.

Lorenzo deutete auf das Loch im Pfeiler. „Was gefunden?"

Michael schüttelte den Kopf. „Würde ich nicht so sagen. Eher schnell wieder verloren. Wer sind Sie eigentlich?"

Lorenzo strich sich den Regen von den Schultern.

„Verzeihen Sie. Mein Name ist, Lorenzo Complona. Ich folge Ihnen schon länger. Bevor Sie sich jetzt aufregen, wir sind die Guten".

„Komisch", Michael musste laut lachen. "Das sagen die Bösen im Film immer". Lorenzo stimmte ihm zu. „Das stimmt, aber ich bin im Namen der Kirche hier".

„Hm, wo sind jetzt die Guten?", Michael sah ihn ernst an.

„Also mal ehrlich. Die Kirche die Guten? Wie viele Beispiele für das Gute der Kirche soll ich Ihnen aufzählen? War es nicht die Kirche, die unter falschen Anschuldigungen die Templer an den Pranger stellten?".

Lorenzo versuchte gar nicht erst zu protestieren.

„Unkonventionelle Zeiten erfordern unkonventionelle Maßnahmen. Auch wenn sie nicht immer korrekt sind", er zuckte mit den Schultern. Michael lachte, aber eher innerlich.

„Das ist ja mal eine tolle Erklärung. Wie oft war die Kirche unkonventionell? Nein, lassen wir das. Bringt uns eh nicht weiter. Wir haben das was hier war verloren und stehen ohne alles da".

Lorenzo nickte. „Na dann lassen sie uns doch erst einmal wieder hoch klettern".

Sie saßen zu dritt in der Suite von Lorenzo. Über das Mikrofon im Handy war aus dem Piemont Alessio zugeschaltet.

Alessio versuchte Michael und Maria seinen Standpunkt zu erklären.

„Sie werden verstehen, dass es der heiligen Kirche ein Ansinnen ist, das diese Gruppe gestoppt wird. Wir können nicht zulassen, das im Namen dieses „Ordens" gemordet wird".

„Naja", warf Michael ein. „Das Morden ist ja nicht das Einzige was Ihnen an dieser Gruppe nicht gefällt. Ich habe im Rahmen meiner Studientätigkeit auch kurz von der Ihrigen gehört und Ihr einziges Ziel soll es sein, die Nachfahren dieses Ordens an der Verfolgung seines Ziels zu hindern", Michael lehnte sich nach vorne. „Oder ist das nicht der Hauptgrund warum ihr Ableger ins Leben gerufen wurde? Die Tacet Venandi ". Michael ließ das kurz wirken. „Ja Alessio ich weiß davon und außerdem habe ich das Zeichen an der Hand ihres Handlangers hier gesehen". Er formte ein Sorry mit den Lippen in Richtung Lorenzo. Dieser winkte ab.

Alessio antwortete ruhig und entspannt. „Dr. Shane. Wissen Sie, seit dem es die heilige Institution der Kirche gibt, versuchen Menschen ihr zu schaden".

Michael stimmte zu und beschwichtigte, „Aber das bringt uns nicht weiter. Wir könnten jetzt die Verfehlungen aufarbeiten, oder aber wir widmen uns den aktuellen Geschehnissen".

„Sehr Vernünftig", gab Alessio zu. Mit fortlaufendem Gespräch konnte er seine

Bewunderung für den aufgeklärten Dozenten kaum verbergen.

„Das sollten wir wirklich. Was haben sie bisher herausgefunden? Und auf welcher Seite stehen Sie, Doktor?".

Michael lächelte, „Also Ich bzw. WIR stehen auf keiner Seite", er sah aufmunternd zu Maria rüber. „Ich mag keine der Seiten und uns steht es auch nicht zu uns auf eine zu stellen, da beide sich nicht wirklich mit Ruhm bekleckert haben".

„Das kann ich sogar nachvollziehen", sagte Alessio anerkennend, „und ich danke Ihnen für Ihre offene und ehrliche Art".

„Was genau, wird die Kirche unternehmen, wenn es diesem Orden gelingt, die Vergangenheit zu finden?". Diese Frage stellte sich Michael schon etwas länger.

„Ich werde ehrlich sein, ich kann es Ihnen auch nicht sagen. Ich weiß es nicht. Kommt drauf an was gefunden wird, würde ich sagen".

Michael nickte zustimmend. „Aber wie können Sie sich sicher sein, das ich nicht sofort an die Öffentlichkeit gehe?".

„Das könnten sie", entgegnete Alessio, „Aber ich denke wenn wir uns einigen könnten, wären Sie der Ehrenmann der uns in diesem Fall die Möglichkeit geben würde, zu bestimmen wie wir das selbe machen könnten, oder irre ich mich?".

Michael dachte nach. „Nein", er hatte einen Entschluss gefasst. „Da irren Sie sich nicht".

Alessio nickte zufrieden nachdem er aufgelegt hatte.

Adamo trat aufs Gas. Er hatte was er wollte und musste nun schleunigst nach Edinburgh und zum Flughafen. In Schottland war der Orden zwar vertreten, aber nicht so wie er es brauchte. Er musst so schnell wie möglich ins Hauptquartier. Er wollte seinem Großmeister selber die Dokumente überreichen und ihn entscheiden lassen wie es weiter gehen würde. Er hatte die Genugtuung, das Michael und seine Begleiterin, keinerlei Hinweise mehr hatten und somit die beiden für ihn bedeutungslos geworden sind. Michael hatte seinen Job erledigt. Für ihn war in Amado's Leben kein Platz mehr. Adamo wusste, die entscheidenden Hinweise hatte er neben sich auf dem Beifahrersitz und Michael hätte die Papiere gar nicht so schnell übersetzen und durchsehen können. Dafür hatte er gesorgt.

Er hatte auch kurz überlegt die beiden entgültig loszuwerden. Aber über ihn auf der Burg hätte man die Schüsse zweifelslos hören können und abgesehen davon, konnten die beiden nichts mehr ausrichten.

Allerdings hatte er nicht mit Maria gerechnet.

„So, fertig", Maria erhob sich vom Schreibtisch. In intensiver Arbeit hatte sie die Zeichnung auf dem einen der vier Blätter aus dem Gedächtnis nachgemalt. „Ich hoffe es stimmt von den Maßen. Die Zeichnung ist auf jeden Fall die, welche auf dem Blatt war". Michael nickte und trat heran. Er schaute lang auf das Blatt. Sein Blick traf auf eine Jahreszahl. *Unmöglich,* dachte Michael. Da stand 1418 a.D. und ein Name. Georg McInnes. Michael hatte keine Ahnung wer das sein sollte. Aber der Name McInnes kam ihm seltsam bekannt vor. Er kam nicht drauf.

Immer wieder sah Michael auf die Jahreszahl. Wie konnte das sein? Sein Blick wanderte weiter zu der Zeichnung.

Irgendwie kam ihm das Konstrukt bekannt vor. Er wusste jedoch nicht wo er das einordnen sollt.

Zeichnung!

Ihm fuhr es durch die Knochen. Er hatte Heather vergessen. Ihr hatte er einen schriftlichen Konstruktionsplan geschickt. Er stand in den Dokumenten die aus dem Kloster in Frankreich geborgen worden waren.

Michael griff zum Handy.

Heather hatte ihm mehrere Dateien geschickt. Er öffnete das erste Foto. Ihm stockte der Atem. „Maria", keuchte er. „Komm her, schnell".

Maria kam angelaufen. Sie war ans Hotelfenster getreten um ein wenig zu entspannen, nach der intensiven Arbeit.

„Was ist denn los, Michael?", fragte sie.

„Schau, ist das nicht dasselbe was Du grade gezeichnet hast?".

Sie sah ihn wütend an. "Dafür lässt Du mich hier zeichnen um dann Dein Handy zu zücken und mir das gleiche zu zeigen? Das hättest Du auch schneller haben können".

Michael versuchte sie zu beruhigen, „Das Du das gezeichnet hast, hat mich erst auf die Spur gebracht. Aber ist es das nicht?".

Maria beruhigte sich und schaute auf die Skizze. „Das ist haargenau dasselbe und hier stimmen auch die Maße".

Michael scrollte durch die weiteren Bilder. Sie zeigten dasselbe Konstrukt. Allerdings aus anderen Perspektiven. Da machte es KLICK.

Er wusste wo er das Ganze schon einmal gesehen hatte. „Schnell wir müssen wissen, was auf den anderen Blättern steht".

Maria sah ihn an, „Das wird dauern, erst recht wenn ich es direkt übersetze".

Michael drängte mehr als er wollte. „Dann mach, wir brauchen das. Ich geh kurz zu Lorenzo. Dann kannst Du auch in Ruhe arbeiten".

Michael war mit Lorenzo in die Hotel Bar gegangen. Er hatte Maria eine Whats App geschickt, damit sie nach der Übersetzung dazukommen konnte.

Sie hatten es sich in der Lounge Ecke gemütlich gemacht. Vor Michael stand ein dampfender Cappuccino. Lorenzo reichte ein schwarzer Tee.

Lorenzo setzte langsam die Tasse ab.

„Die neue Welt?".

Michael nickte. „Ich müsste mich schon sehr täuschen aber ich bin mir sicher ich habe die Anlage auf der Zeichnung schon einmal gesehen. Ich konnte es selber kaum glauben aber das hier", er hielt Lorenzo das Handy hin. Auf dem Bildschirm war die Zeichnung, die Heather gesendet hatte. „Das hier sieht genauso aus, wie eine Anlage die ich im Fernseher gesehen habe. Auf History".

Lorenzo sah Michael ungläubig an.

„Auf History? Das ist doch dieser Doku Sender".

Michael stimmte zu. „Ganz genau und da lief eine Sendung über eine Insel vor Kanada. Dort soll vor Urzeiten ein Schatz vergraben worden sein. Seit Jahrhunderten buddeln sie da schon rum".

Lorenzo sank in die tiefe Ledercouch.

„Meinen Sie Oak Island?".

Michael nickte.

„Ja das hab ich auch mal mitbekommen. Die hauen da, glaub ich, ein Loch neben dem anderen in den Boden. Soll aussehen wie ein Schweizer Käse, die ganze Insel. Allerdings wirklich was gefunden hat man da wohl noch nie".

Michael schaute durch die große Glasscheibe in den Regen von Edinburgh. „Also in diesem Bericht, es sind wohl zwei Brüder da am suchen, sollen sogar Hinweise auf die Templer aufgetaucht sein".

Lorenzo lachte. „Meinen Sie dieses kleine Kreuz? Ja das habe ich gesehen. Pah", er winkte ab. „Das kann alles und aber auch nichts sein. Ich würde da nicht viel reininterpretieren. Ich meine, wissen Sie wieviele Kreuze aus Metal damals geschmiedet wurden? Die sahen alle nach irgendwas aus".

„Allerdings", warf Michael ein, „ist doch schon merkwürdig, das diese eine Insel, die Einzige ist, auf der Eichen wachsen. Ich hörte das sollte bei den über 300 Inseln vor Nova Scotia, als so eine Art Hinweis gedient haben. Und diese raffinierte Anlage? Diese Art mit dem Hauptschacht in der Mitte als Täuschung, die Flutungstunnel die da reinlaufen? Das wäre schon seltsam, wenn das alles nix wäre. Und dann noch die Jahreszahl auf dem Bild", Lorenzo blickte neugierig auf. „Jahreszahl?" Michael nickte. „

1418 a.D. Das heißt die Papiere wurden zumindest teilweise nach dem Besuch in Kanada erstellt. Sollte Henry St. Clair das gewesen sein, oder ein Begleiter, dann nachdem sie Ende des 14.Jahrhunderts dort gewesen sind. Deshalb konnte sie auch die Angaben machen. Und aus dem Kloster in Frankreich wussten sie, das die Hinweise jemanden nach Schottland führen würden und jeder diese Papiere finden konnte. Natürlich nur, wenn er die Hinweise richtig deuten kann."

Lorenzo nickte nachdenklich. „Komisch ist es schon. Wer macht sich so eine Mühe, wenn nichts hinter steht?", Er holte ein Tablet hervor.

„ Sehen Sie hier? Das ist Oak Island", er hielt Michael das Tablet hin.

„Sieht fast aus wie ursprünglich zwei Inseln. Sehen Sie?", Michael deutete auf eine Stelle, „Hier, das sieht doch aus, als wäre hier eine Verbindung geschaffen worden. Selbst die Uferlinie geht hier rein".

Lorenzo sank nach hinten.

„Ok, Einverstanden. Ich geh mal mit. Also, was in aller Welt sollte jemanden dazu bringen, aus einer Insel zwei zu machen? Das ergibt doch keinen Sinn."

Michael sah ihn an. „Außer, zwischen den beiden Inseln wurde etwas versteckt. Verstehen Sie?"

Lorenzo schaute verwundert herüber. „Das wäre aber ein Gewaltakt. Ich meine Wenn man sich die Proportionen ansieht, wissen sie wieviel Material man braucht?"

Michael nickte. "Kommt aber darauf an wie groß es war was man versteckt."

Lorenzo überlegte. „Wir sollten uns das Ganze aus der Nähe anschauen", sagte er.

„Aber da wird's auch schon schwierig. Die Insel ist in privater Hand und ob wir da drauf kommen würden, wage ich zu bezweifeln".

Michael blickte über seine Tasse hinweg. „Ob das überhaupt etwas bringen würde? Ich meine, da stochern jetzt seit Jahrhunderten Menschen im Boden rum. Wenn ich mir dann noch vorstelle, das etliche Löcher gebohrt wurden, ist es wohl kaum möglich, das da irgendwas noch heil geborgen werden kann".

„Außerdem", warf Lorenzo ein, „wenn Sie Recht behalten, wäre es ja nicht der einzige Platz an dem etwas gelagert wurde".

Michael nickte eifrig, „eben, und wenn sie die Anlage entworfen haben, könnte sie doch auch woanders ebenfalls gebaut worden sein, naja, eventuell".

Lorenzo stimmte zu. „ Wir müssen… ah, Maria, setzen Sie sich zu uns".

Beide waren fast aufgesprungen, als Maria an den Tisch trat.

Sie lächelte triumphierte. „Ich habe alles soweit übersetzt. War nicht immer leicht, da dem Text die Jahre nicht gut getan haben. Aber soweit habe ich es".

Sie legte mehrere Papiere auf den Tisch. Sie hatte die wichtigsten Stellen aufgeschrieben. Michael und Lorenzo studierten die Übersetzungen.

„Ich wusste es", Michael legte das Papier zurück auf den Tisch.

Er lehnte sich im Sessel zurück. „Da steht es. So ordneten die Verteilung an und zwar an etlichen Stellen. Die wirklich wichtigsten Artefakte sollten speziell gesichert werden. Dafür die Anlage".

„Ja, aber", warf Maria ein und hielt Michael ein Blatt hin, „hier wurde explizit erklärt, wie man auch später noch an die Sachen rankommt ohne den Schutzmechanismus zu aktivieren".

„Zeig mal", Michael nahm das Blatt entgegen. „Jetzt müssen wir nur noch herausfinden, wo die Stellen sind".

„Auch das wird hier wenigstens in etwa angezeigt. Schau Michael, hier der Text. Michael las:

Setze das Segel gen Westen. Vorbei an Eis und Fischern, wirst Du finden was Neu nun

195

aber auch alt sein wird. Es wird Gott der Herr und nicht der anmaßende Mensch sein, der Deine Reise unter seinen Schutz stellt.

Die Schwestern geeint wurden, Dir mit ihren grünen Händen zuwinken. Dann wirst Du erkennen, das Du zuhause bist.

Schau über die Eichen und die Eule. Dort wirst Du finden was uns am meisten Wert.

Am Ende wird es Baphomet sein den Du findest.

Michael sah die anderen fragend an.

„Und was bitte soll das jetzt heißen?" Michael überlegte fieberhaft.

„Das ist eine Überraschung. Der Anfang ist klar", sinnierte Michael. „Eis und Fischer sind Island und Grönland auf dem Weg nach Kanada. Die soll man passieren und weiter segeln. Naja, dann kommt der Hinweis, das die Gruppe nicht als Angehöriger der Kirche unterwegs sind. Ganz im Gegenteil sie bezeichnen diese als anmaßend. Sorry", er schaute zu Lorenzo. Dieser winkte lachend ab. „Schon ok. Ich bin ja nicht direkt von der Kirche".

Michael nickte.

„Aber, jetzt. Die beiden Schwestern? Welche Schwestern?", er sah die beiden anderen fragend an.

„Na ja", sagte Lorenzo. „Denk nach. Vielleicht meinte er die beiden Inseln von

Oak Island. Also, wenn es so wahr wie Sie angedeutet haben."

„Ok, das kann durchaus sein. Ich denke die Eichen sind klar. Oak Island. Aber was hat das mit der Eule auf sich? Jemand eine Ahnung?"

Die andere schüttelten den Kopf.

Michaels Kopf zuckte hoch. Unter dem Tisch war ein lautes Knurren zu hören. *Ein Hund?* Michael schaute und den Tisch. Er hörte Marias Lachen. *Verdammt, was war hier los?* Er kam wieder hoch. Maria sah die beiden verlegen an.

„Sorry Jungs. Das war mein Magen".

Michael sah auf die Uhr. Oh man, die Zeit war wieder verflogen. Es war schon früher Abend, draußen war es längst am Dämmern. Sie verabredeten sich in einer halben Stunde im Restaurant des Hotels und jeder ging auf sein Zimmer um sich frisch zu machen.

Amado war gelandet. Rom. Adamo atmete tief ein. Schon lange war er nicht mehr hier gewesen und jedes Mal ergriff ihn die Geschichte dieser Stadt. Irgendwie komisch, befand Adamo. So viele Feinde der Vergangenheit zusammengepfercht in einer Stadt. Er lächelte. Hätten sie damals gewusst das sie heute so offen nebeneinander leben würden. Ein Wagen des Ordens hatte ihn am Flughafen abgeholt und in das Hauptquartier gebracht. Dort angekommen, überließ er den Brüdern die Dokumente. Er hatte während des Fluges die Papiere durchgesehen. Bis auf eine Zeichnung konnte er mit dem Text nichts anfangen. Er konnte ein paar Sprachen aber Arabisch war nicht darunter. Adamo hatte seine Aufgabe erfüllt.

Nun begab er sich zu einer ihm zugewiesenen Kammer.

Das Hauptquartier lag in der Lungotevere di Sangallo.

Über den Tiber, konnte man den Vatikan sehen. Man hatte sich nicht gerade bemüht um versteckt zu bleiben. Besser gesagt, man erhöhte die Chance unerkannt zu bleiben, indem man so nah wie möglich am erklärten Feind blieb. Seit seiner Gründung befand sie das Hauptquartier schon hier und witzigerweise waren sogar schon Bischöfe in diesen Gebäuden gewesen. Ohne auch nur zu ahnen wo sie sich befanden.

Offiziell war man dort als ein privates Unternehmen untergekommen.

Amado betrat die ihm zugewiesene Kammer. Eher spartanisch konnte man das Bild nennen, welches sich einem bot. Ein einfaches Bett ein alter Holztisch und ein alter klappriger Stuhl. Neben dem Bett stand ein Kleiderschrank aus alten Tagen. Amado wusch sich in dem kleinen anliegenden Bad.

Er suchte ein paar neue Kleidungsstücke aus dem Schrank heraus. Hier trugen sie Ordenskleidung. Das Hauptquartier teilte sich in zwei Bereiche auf. Der eine war der Teil, den jeder Besucher zu sehen bekam. Ein hochmodernes Büro, welches der Tarnung diente. Hier wurden die Geschäfte abgewickelt, die dafür sorgten das die finanzielle Versorgung gesichert war.

Der andere Teil, war die Kirche und die Unterkünfte des Ordens. Hier war er seit seiner Gründung und war mit der Stadt zusammen über die Jahrhunderte gewachsen und hatte sich dem Bild nach außen angepasst.

Nach etwas mehr als einer Stunde wurde Amado abgeholt und zum Großmeister geführt.

„Großmeister Benedikto", Amado ging auf den Großmeister zu.

„Amado Gaudin, mein Bruder. Ich freue mich Dich gesund wieder zusehen". Er schloss Amado in die Arme.

„Setzen wir uns", er deutete auf einen Stuhl.

Das Zimmer des Großmeisters, war mit den Kammern der Ordensmitgliedern nicht zu vergleichen. Überall hing, stand oder lag etwas aus der langen Geschichte des Ordens. Beleuchtet hinter einem imposanten Ungetüm von Schreibtisch, hing die Gründungsurkunde des Ordens.

Die Hierarchie war denen der Templer gleich.

Der Großmeister wurde von den sechs Obersten gewählt.

Einzig ein Unterschied differenzierte das Ganze. Hier musste der Großmeister in direkter Abstammung mit einem ehemaligen Großmeisters des alten Ordens stehen. Zumindest musste der Vorfahre dem Ordenskapitel angehört haben.

Benedikto war ein direkter Nachfahre von Philipe du Plessiez. Dieser hatte den alten Orden von 1201 a.D, bis zu seinem Tod 1209 a.D geführt.

Benedikto genauso wie Amado, welcher als Nachfahre von Thibaud Gaudin ebenfalls die Vorgaben erfüllte und der nächste Großmeister wäre, wussten das sie kurz vor dem Durchbruch standen.

Benedikto sah Amado wohlwollend an. „ich hatte ja Magenschmerzen, als Du Dich angeboten hast, den Auftrag durchzuführen. Jetzt allerdings muss ich den Hut vor Dir ziehen. Was Du für den Orden getan hast, ist Beispiellos".

„Ich danke Dir", Amado war geschmeichelt. „Du weißt für den Orden würde ich alles machen. Natürlich ist der Umstand, dass wir der anderen Seite das Garaus machen können, eine super Motivation".

Benedikto nickte, „Wir werden zu Ende führen, was vor langer Zeit begonnen wurde. Aber im Gegensatz zu unseren Vorgänger, werden wir keinen Deal machen. Wir werden mit einem Schlag den Menschen zeigen, was die Kirche uns angetan hat.

Die Tür ging auf und ein Ordensbruder kam herein.

„Wir haben etwas gefunden", rief er sichtlich erregt.

„Kann ich nochmal Dein Tablet haben?" Michael sah Lorenzo an. Dieser nickte und reichte das Tablet über den Tisch. Zufrieden sah Michael das Google Earth noch offen war.

„Also ich hab mir etwas überlegt. Sie waren in Kanada und wenn gleichzeitig ein Schiff weiter südlich fuhr, so müssten wir hiermit vielleicht eine Insel oder einen Ort finden der Etwas mit Eulen zu tun hat. Er fing an die Küste abzusuchen.

Sie hatten gegessen und einfach mal Smalltalk gemacht. Das war mal eine Abwechslung die jedem von Ihnen gut tat.

Selbst Lorenzo taute auf und erzählte Ihnen von Portugal und den ausschweifenden Partys dort. Michael hatte die Suche aufgegeben und sich vorgenommen am nächsten Morgen weiter zu suchen.

Es war ein angenehmer Abend, sie waren wieder in den Lounge Bereich der Hotelbar gegangen und tranken, scherzten und lachten viel.

Maria hatte sich in Michaels Arme gelegt und genoss es einfach. Auch Michael ließ es sich gefallen. Er hatte lange nicht mehr einen Menschen getroffen, bei dem er sich so wohl fühlte wie jetzt bei Maria.

Michael spürte wie die Anspannung, die ihn die ganze Reise begleitet hatte, einfach für ein paar Stunden abfiel.

Sie wussten. Egal wie befreiend der Abend für alle war.

Morgen würde es weiter gehen.

Er sah aus dem Fenster und über Ihnen schien die beleuchtete Burg von Edinburgh ihn hämisch anzugrinsen.

Kapitel 12 - Aufbruch und Erkenntnis

Michael saß schon früh am Frühstückstisch im Restaurant des Hotels.

„Hey Heather", er wollte wie versprochen, Heather wieder auf den neuesten Stand bringen.

„Da ist ja wieder mein Lieblings Traveller", sagte Heather.

„Ja, ich bins. Wir haben etwas herausgefunden. Unser nächster Aufenthalt wird wohl Good old Canada werden", sagte er.

„Kanada? Was um alles in der Welt soll denn in Kanada sein? Außer Kanadier?"

Michael vernahm den Unterton in ihrer Stimme. Er erzählte es ihr. Er nahm auch gleich die Möglichkeit wahr und erzählte Heather von Maria.

„Aber Herr Doktor. Soll das heißen Du hast endlich jemanden gefunden, der es mit dir aushält?", sie lachte.

„Sagen wir mal, daraus könnte wirklich etwas entstehen", sagte Michael kleinlaut.

„Hab Dich doch nur auf den Arm genommen", entgegnete Heather versöhnlich. „Scherz beiseite, ich freue mich riesig für Dich. Ich muss sie kennen lernen. Bring sie mit". Das Versprach Michael und war beruhigt.

Nachdem er aufgelegt hatte, widmete er sich wieder seinem Handy.

Er hatte es geschafft und Google Earth auf seinem Handy aufgerufen. Dies war aufgrund des um einiges kleineren Bildschirms wirklich anstrengend, aber so kam er wenigstens vorwärts. Er hatte noch einmal ganz im Süden angefangen und scrollte langsam die Küste hoch. Es war zum verrückt werden. Nirgends irgendwas mit Eulen. Er scrollte weiter und weiter. Er sah sich die kleinsten Inseln an, nichts.

Maria war die nächste, die das Restaurant betrat. Nachdem sie in der letzten Nacht nicht in ihrem Zimmer war, musste sie am Morgen dorthin um sich frische Kleidung zu holen und kurz unter die Dusche zu springen.

Jetzt fühlte sie sich frisch und hungrig. Sie fand Michael der an einem Tisch in der Nähe eines großen Fensters saß und schritt auf ihn zu. „Morgen mein Schatz", sie lächelte. Michael sah hoch und wie jedes Mal so verschlug es ihm auch jetzt wieder den Atem. Sie sah umwerfend aus. Michael wusste in diesem Moment das er dieses Lächeln nicht mehr missen wollte. Er lächelte zurück. „Du bist Atemberaubend".

„Danke, hab nur kurz geduscht", sagte Maria verlegen und errötete leicht.

„Also was machst Du", lenkte Maria ab.

„Ich suche weiter, irgendwo muss was sein", er hielt ihr das Handy hin. „Siehst Du ich geh die ganze Küstenlinie ab, aber: Nada. Da ist nichts".

Michael nahm einen Schluck Kaffee.

„wer sagt eigentlich das es eine Insel oder Küstengegend sein muss?" Maria hatte sich ebenfalls Kaffee bestellt und hatte den Stuhl herangerückt.

„Naja, denk an die Zeichnung. Für Flutungstunnel müsste schon Wasser in der Nähe sein und das findet man am besten bei Inseln oder Küsten".

„Ah ja, richtig", gab Maria zu. „Oder ein See, vielleicht?""

Michael schüttelte den Kopf. „Da wäre das Risiko zu groß das sich die Wasserlinie wegen Hitze zu sehr sinken würde und die Tunnel sichtbar würden".

„Das macht Sinn", nickte sie.

„Ah das junge Paar ist schon auf", Lorenzo war heran gekommen. „Schon fündig geworden?"

Michael verneinte", Nicht wirklich, aber auf dem Handy ist das auch schon eine Qual".

„Dann nimm das hier", Lorenzo hielt ihm sein Tablet hin. Sie hatten am Abend zuvor beschlossen sich das Du anzubieten.

„Danke", Michael fuhr auf dem Tablet fort.

Sie aßen schweigend und jeder hing seinen Gedanken nach.

Sie waren gerade fertig, da rief Michael laut auf. „Da ist was!"

Lorenzo und Maria sahen Michael an.

„Hier endlich was mit Eule, also das ist…", Michael zoomte etwas raus und schluckte. „…das kann nicht sein".

„Was? Was kann nicht sein?" Maria wurde nervös.

Michael sah die beiden an.

„Das ist auch in Kanada. Also nicht nur das, es ist noch nicht einmal weit weg von Oak Island. Hier das ist es. Owls Head Island".

Sie sahen alle wie gebannt auf das Tablet. Dort lag die kleine unscheinbare Insel vor Ihnen. Owls Head Island lag

Südlich von Yarmouth, südwestlich von Oak Island. Gerade mal 250km entfernt. Michael war beeindruckt.

„Das muss man ihnen lassen, die Templer waren verdammt gut".

Lorenzo sah ihn an. Irgendwie konnte er diesen Standpunkt nicht teilen. Jedenfalls nicht die Begeisterung.

„Was meinst Du genau?"

Michael beugte sich vor. „Also schaut mal. Henry St. Clair, reiste im Jahr 1398 nach Kanada und landete in Nova Scotia. Nova

Scotia, heißt übersetzt Neu Schottland. Wenn Ihr diese vorgelagerte Halbinsel nehmt, lässt sich der südliche Teil von Dartmoor bis Windsor perfekt abkapseln. In diesem Bereich liegen unter anderem unsere beiden Inseln. Hier hätten sie Jahrzehnte ungestört alles Mögliche machen können". Michael sah die anderen an. „Das ist unglaublich."

„Also wenn irgendwo noch etwas zu finden ist, dann doch dort wo noch keiner gegraben hat. Hier", er deutete mit dem Finger auf Owls Head Island.

Benedikto und Adamo eilten dem Bruder hinterher.

Sie betraten einen Raum indem mehrere Brüder über Schriften saßen. Es war das Skriptorium. Der Raum der Schriften. In einer langen Reihe waren dort Schreibtische aufgestellt. Hinter den Pulten saßen Ordensbrüder die mit schreiben beschäftigt waren. Allerdings war hier auch schon die Moderne eingekehrt und so füllte ein lautes durcheinander Klacken den Raum. Sie tippten alles auf Tastaturen in die Computer die vor ihnen standen. Amado und Benedikto gingen die Reihen durch.

„Ihr habt gut zugelegt", sagte Amado anerkennend. „Ja", bestätigte Benedikto. „Wir haben jetzt eine Menge Brüder hier, die nur damit beschäftigt sind. Die ganzen Jahrhunderte in das System einzupflegen".

Im hinteren Teil, stand ein Ordensbruder an einem der Schreibtische. Er schaute gebeugt angestrengt auf ein Papier.

„Bruder Luigi", Benedikto trat heran. „Was haben wir?"

Der Angesprochene sah Benedikto ungläubig an. „Großmeister, schau selber", er deutete auf das Blatt.

Da sah Benedikto es. Er keuchte.

Er sah die Jahreszahl:

1418 a.D

Benedikto musste sich festhalten. Das war der Beweis. Das fehlende Puzzleteil. Hier wurde belegt, das der alte Orden überlebt hatte. Sie hatten es tatsächlich geschafft. Während der Rest der Welt annahm, das die Templer nach 1314 a.D komplett zerstört wurden, lebte der Orden im Stillen weiter.

Amado hatte es mittlerweile auch gesehen.

„Das ist es", stieß er hervor. „Das ist der Beweis. jetzt wissen wir, das sie weitergemacht haben und jetzt werden wir hoffentlich auch erfahren, was sie mitnahmen und wohin sie es brachten".

Benedikto nickte. „Wir brauchen die anderen Übersetzungen", er wandte sich an Luigi.

„Beeil Dich Bruder, die Zeit drängt". Luigi nickte eifrig und begab sich sofort an die Arbeit.

„Unterbrich mich", sagte Lorenzo. Sie saßen in einem Taxi auf dem Weg zum Flughafen. „Aber ist Henry St. Clair nicht in Kanada gestorben?"

„Das ist wahr", gab Michael zu. „Aber im Rahmen der Aufgabe, die er hatte. Kannst Du davon ausgehen, dass er alles vorher in die Wege geleitet hatte. Und erinnere dich an den Namen. McInnes.

Damit ist schon belegt, das Henry nicht zurück kam und den Hinweis versteckte."

„Schon richtig. Aber ist das Grab von Henry St. Claire nicht auf Orkney?"

Michael nickte. „Das Grab ja. Aber ob er selber wirklich da auch liegt ist die andere Frage. Oder aber er ließ sich aus der neuen Welt nach seinem Tod nach Hause bringen um dort die letzte Ruhe zu finde, wo auch seine Familie liegt".

Lorenzo stimmte zu. Sie hatten direkt nach dem Frühstück ausgecheckt und waren sich einig das es sofort weitergehen musste. Neues Ziel Kanada.

Michael war ein wenig angesäuert. In ein paar Tagen hatte er eine Reiseroute hinter sich, die sich sehen lassen konnte. Und nun würde er fast wieder nach Hause fliegen. Paradox.

Da sie den Flug, last Minute buchen mussten, saßen sie nicht wie gewünscht zusammen. Lorenzo schaute sich den Film an, während Maria die Zeit nutzte um nochmal die Augen zu schließen. Michael saß in seinem Sitz und schaute aus dem Fenster.

Er dachte über die Geschehnisse der letzten Tage nach. Irgendwie war seine komplette Welt aus den Fugen geraten. Vor ein paar Tagen war er in Spanien gelandet und seitdem war alles durcheinander geraten. Er dachte an Maria. Bisher war er überzeugter Single und das hatte ihm auch gefallen. Nun war Maria in sein Leben getreten. Das hatte alles verändert. Er fühlte sich unglaublich wohl in Ihrer Nähe. Sie gab ihm das Gefühl einen Platz gefunden zu haben. Er sah nach vorne wo er gerade noch Ihren Hinterkopf erkennen konnte. Er sah ihr dunkles Haar und direkt begann dieses Gefühl in der Magengegend. Schmetterlinge im Bauch. Michael lächelte. Dieses Gefühl hatte er schon lange nicht mehr. *Mein Gott, wie lange habe ich mich zurück gezogen?*

Michael hatte sich in den letzten Jahren so in seine Arbeit gestürzt und alles so wie es war als gegeben hingenommen, das ihm jetzt erst klar wurde, wie sehr er sich aus dem Leben heraus gehalten hatte. *Was für eine Verschwendung,* dachte er.

Aber wie soll das weitergehen? Maria kam aus Spanien und er aus den Staaten. Wie soll das klappen? Er wusste nur, das er sie nicht einfach gehen lassen wollte. Er beschloss sie in einer ruhigen Situation einfach darauf anzusprechen. In Kalifornien würde es auch einen Platz an der Uni für sie geben. Michael nahm sich vor, mit Heather zu sprechen ob sich da was machen lassen könnte.

Hoffnung keimte auf. Vielleicht ließ sich da draus ja was machen. Er schloss zufrieden die Augen.

Der restliche Flug verlief ohne Probleme.

Halifax International Airport.

Maria Lorenzo und Michael standen am Schalter der Avis Autovermietung. Kurze Zeit später fuhr Michael den gemieteten Ford Explorer vom Gelände. Sie hatten beschlossen zuerst Oak Island zu besuchen. Die Strecke würde ca. 90 km betragen.

"Oak Island. Eine unscheinbare Insel in der Mahon Bay.

Ursprünglich siedelten die Mi'kmaq Indianer auf ihr.

In Ihren Legenden kam ein weißer Mann mit Bart über das Meer. War es Glooskap?"

Michael fand er könnte die Fahrt dafür nutzen, den beiden anderen ein wenig die Geschichten und Legenden der Region näher zu bringen.

"Wer oder was ist ein Glooskap?", wollte Lorenzo wissen.

Michael lachte.

"Zum Einen, wird Glooskap, als Schöpfergott dargestellt. Er erschuf alles, die ganze Natur und die Tiere, die Berge und die Seen."

Michael nippte an seinem Cappuccino, den sie sich bei Tim Horton auf dem Weg geholt hatten.

Er fuhr fort.

"Andere erzählen das Glooskap ein weißer Mann mit Bart war, der übers Meer kam und mit seinen Gefährten die Mi'kmaq Indianer lehrte. Hier sehen viele jetzt den reisenden Henry St.Claire, der übers Meer fuhr, in Nova Scotia an Land ging und auf die Ureinwohner traf. Laut den Legenden hatte er versprochen eines Tages zurück zu kehren. Sie warten heute noch."

Lorenzo saß hinten im Wagen und beugte sich vor. "Und Du gehst jetzt davon aus, das dieser Henry St.Claire mit seinen Leuten Teile des Templer Nachlasses nach Kanada schiffte?"

"Naja, irgendwohin wurde etwas verschifft. Es gibt ja auch die Legende von vierzehn Schiffen der Templer die verschwanden und nie wieder aufgetaucht sind." Michael zuckte mit den Schultern. "Aber sind halt alles Legenden." Er drehte sich zu Lorenzo. "Was sind denn die Legenden und Ängste der Kirche?"

Lorenzo sah ihn an. "Das wüsste ich auch gern. Ich denke das es einfach darum geht, das nicht irgendwas ans Licht kommt, was der Kirche gefährlich werden könnte. Bedenken Sie das je nachdem ein nicht unerheblicher Schaden für die Institution entstehen würde."

Michael nickte. "Wir werden uns überraschen lassen müssen".

"Oder wir finden den heiligen Gral", Maria gähnte. Sie saß neben Michael und hatte die Fahrt genutzt und sich Kanada angesehen. Da sie noch nie hier gewesen ist, wollte sie alles mitnehmen. Sie hatte nur den Rest der Unterhaltung gehört.

Michael grinste. "Oder die Bundeslade".

Sie lachten.

Da lag sie. Oak Island. Unscheinbar und unauffällig in der Mahon Bay. Ein langer Damm führte vom Festland auf die so bekannte Insel.

"Den Überlieferungen zufolge stieß der 16-jährige Holzfäller Daniel McGinnis, über den Namen wird gestritten, 1795 bei einem Inselbesuch auf eine Runde, anscheinend künstlich geschaffene Vertiefung im Boden. In einem Baum oberhalb der Vertiefung entdeckte er verrottete Seilfetzen und einen alten Flaschenzug an einem Ast, der merkwürdige Kerben aufwies. Das war umso überraschender, als Oak Island als unbewohnt galt. Zunächst kehrte McGinnis zum Festland zurück, um seine beiden Freunde John Smith und Anthony Vaughan zu holen, mit deren Hilfe er hoffte, dem Rätsel auf die Spur zu kommen.

Sie gruben bis auf neun Meter Tiefe und fanden neben Schieferplatten, welche auf dem Festland, aber nicht auf Oak Island vorkamen, alle drei Meter eine Schicht aus Holzstämmen. Diese waren aus Eiche. Auch das kam hier in Nordamerika nicht vor.

Nach einer Pause von fast zehn Jahren, gruben sie weiter bis auf dreißig Meter Tiefe und mussten am nächsten Morgen feststellen das die Grube bis zur achtzehn Meter Marke mit Wasser gefüllt war." Michael sah seine Begleiter an. " Nach und nach ruinierten sich etliche bei dem Versuch dem Geheimnis auf die Spur zu kommen."

Maria sah übers Meer. "Es sollen auch mehrere Menschen ums Leben gekommen sein", sinnierte sie.

Michael nickte. „Das ist wahr. Es starben sechs Menschen. Nimmt man Fred Nolan dazu sogar sieben."

"Fred, wer?", Lorenzo sah Michael an.

"Fred Nolan kam Anfang der Sechziger. Unbemerkt hatte er auf Oak Island Land gekauft und fing an die Insel zu vermessen. Er war bis zum seinem Tod 2016 auf der Insel".

"Aber wie Du schon sagtest, Michael, wenn so viele hier gebohrt, gebuddelt und gesprengt haben. Was ist dann noch da und was machen wir genau hier?" Lorenzo schaute die Küste runter.

"Also, ich würde gerne sehen, was genau bisher gefunden wurde und möchte sehen, ob es noch unberührte Punkte gibt, wo sich vielleicht etwas erkennen lässt".

"Was erkennen? Was soll das sein?"

Michael lachte. "Das mein Freund, das genau ist die Frage".

Michael ließ den Ford auf den Parkplatz des neu errichteten Besucherzentrums auf Oak Island rollen. Es war nicht viel los. So stiegen sie aus und gingen zum Eingang.

Als sie durch die Tür traten waren sie doch erstaunt. Es sah jetzt nicht wirklich aus wie ein Museum. Ein heller Raum. An den Wänden hingen, nach Jahren geordnet, Bilder der Versuche.

In der Mitte standen dann Tische mit Glasdeckel. Durch das Glas sah man geordnet und beschriftet, die bisherigen Funde. Einige Münzen, Eisenteile und Holzreste.

Michael schaute eher gelangweilt auf die Funde. Nichts davon war wirklich in die Zeit um die Templer herum einzuordnen. Lorenzo und Maria schlenderten, jeder für sich durch den Raum.

Da sah Michael das besagte Kreuz. Leise rief er seine Begleiter zu sich.

"Also ich weiß ja nicht wie ihr das seht. Aber ich würde mich jetzt schwer tun, das eindeutig den Templern zuzuschreiben. Ich denke eine relative Chance besteht. Aber Eindeutig ist anderes."

Lorenzo und Maria nickten.

Sie beschlossen eine Tour zu buchen und sahen sich die Insel an.

Ihr Reiseleiter hieß David. Er war Student in Halifax und verdiente sich im Sommer auf Oak Island ein paar Dollar hinzu. David war Anfang zwanzig und hatte dunkles wild über den Kopf fallendes Haar. Er war sehr entgegenkommend und höflich.

„Wir fahren zuallererst zum berühmten ‚Money Pit'.

Dies soll die Stelle gewesen sein an der Daniel McGinnis die Vertiefung fand und dann die erste Ausgrabung stattgefunden hat." Über einen langen Damm fuhren sie am Meer entlang. David deutete zu der Meerabgewandten Seite. „Dort sehen Sie den bekannten Sumpf. Viele halten diesen für das eigentliche Versteck." Michael horchte auf. „David? Wie kommen die da drauf, das dort etwas sein sollte?"

„David, freute sich das jemand Interesse zeigte. Normalerweise fuhr er Touristen, die sich brav anhörten was David erzählte. Aber es gab kaum welche, die anfingen zu diskutieren.

„Es gibt Legenden, wonach im Sumpf ein Schiff versenkt und um das Schiff Dämme gebaut wurden."

Michael war erstaunt. „Heißt das, dass die Inseln früher getrennt waren?" Hoffnung keimte auf.

„Sir? Das weiß ich leider nicht", gab David ehrlich zu. Sie fuhren auf das Money Pit Gelände.

Oh mein Gott, dachte Michael. Er hatte die Bohrungen und das Planieren des Geländes im Fernsehen gesehen. Hier aber vor Ort sah die ganze Anlage noch gewaltiger aus. Michael dachte daran, wie die Natur hier einfach wegplaniert wurde. Irgendwie machte es ihn auch traurig.

„David?" Lorenzo wandte sich an den jungen Reiseführer. „Mich würde interessieren, wie man sicher sein will, das man die Stelle noch zuordnen kann an welcher McGinnis die Vertiefung fand?"

David bekam diese Frage oft gestellt.

„Also, durch die Grabungen von etlichen Unternehmen und auch Privatpersonen, wurde die genaue Stelle leider soweit beseitigt, das sie nicht mehr genau zu bestimmen ist. Aus diesem Grund werden hier Bohrungen an möglichen Punkten durchgeführt um die Stelle zu finden, an der der ursprüngliche Money Pit lag."

Michael war sich sicher, das hier über und unter der Erde alles zerstört war, wenn es etwas gegeben hatte. Aber er erinnerte sich an die Zeichnung. Der Hauptschacht war nicht das Ziel. „Können wir uns den Sumpf ansehen?"

David schien überrascht. „Äh, gerne, aber da ist eigentlich nur, Sumpf".

Michael nickte. „Jepp, auch spannend". Er schlug David auf die Schulter und ging zum Wagen.

David stand am Wagen und sah zu wie die drei komischen Gestalten um den Sumpf schlenderten.

Sie hatten verabredet einmal um den Sumpf zu gehen und dann zurück zu fahren. Michael hatte David angeboten am Wagen zu warten. Auch aus dem Grund das er genau suchen wollte und der junge dabei, wäre eher suboptimal gewesen.

Der Sumpf sah von oben aus wie eine Pfeilspitze. Die Spitze zeigte zur Inselmitte.

Sie liefen bis zur Spitze des Sumpfes. Kurz dahinter lag eine Straße und dahinter stand begann ein Grundstück mit einem Haus.

Michael schaute sich den Boden an der Spitze des Sumpfes an. Dichte Sumpfgräser ließen kaum den Boden erkennen. Sie winkten David zu, der in Sichtweise am unteren Ende des Sumpfes noch am Auto stand.

„Hier", zischte Michael. „Ihr bleibt stehen. Schaut einfach nur runter zu mir." Die beiden taten wie ihnen geheißen. Sie blickten runter. Michael hielt einen Stein in der Hand. Dieser stein war etwas größer als Michaels Hand. Lorenzo zog pfeifend die Luft ein. „Michael, was ist das?" Lorenzo hatte erkannt das auf dem Stein ein Gesicht, nein drei Gesichter zu sehen waren.

Michael ließ den Stein fallen und erhob sich. Mit dem Fuß drehte er den Stein wieder um und drückte ihn unter das Sumpfgras. „Das mein Freund. Das ist Baphomet. Sie waren hier. Kommt."

Michael wandte sich Richtung Auto. „Aber, Michael, warte", Maria schloss zu ihm auf. „Michael, willst diesen Fund nicht im Besucherzentrum abgeben?"

Michael verneinte. „Du weißt das uns wer folgt und Amado wird kaum Probleme haben die Zeichen zu erkennen, wenn er die Übersetzung einmal hat. Außerdem sind die ja auch auf der Insel um etwas zu finde. Also, ich freue mich schon auf die Folge, wo sie Baphomet finden werden". Michael grinste.

Den Rest des Rückweges protestierte Maria noch. Aber am Ende musste sie einsehen, dass Michael irgendwo recht hatte. Sie ließen sich von David zurück fahren. Allerdings hielt David noch einmal am Oak Island Memorial und sie legten eine Schweigeminute für die Opfer der Schatzsuche ein.

Vor dem Besucherzentrum nahmen sie Abschied von David und ließen sich auch beim Trinkgeld nicht lumpen.

Sie fuhren im eigenen Auto wieder von der Insel und als sie den Damm überquert hatten, hielt Michael den Wagen an. Er stieg aus und sah noch einmal rüber zu Oak Island.

Diesen Blick musste Henry gehabt haben, als er am Ufer stand und sich die Insel aussuchte.

Er stieg wieder ein und sie fuhren los.

Stunden später saßen sie in der nahen Stadt Mahon Bay im Mug & Anchor Pub. Sie diskutierten über das Gesehene.

"Wir können festhalten, dass Oak Island in Betracht kommt, aber aufgrund der Tätigkeiten der letzten Jahrhunderte ein Fund eher unwahrscheinlich ist."

"Das seh ich genauso", erwiderte Lorenzo. "Ich denke es bringt nichts wenn wir uns hier zu lange aufhalten."

„Das einzige interessante war der Stein an der Spitze des Sumpfes", erinnerte Michael. Die anderen stimmten zu.

„Also können wir festhalten, das wir bewiesen haben, das die Templer wirklich hier waren. Auch wenn allein schon die Tatsache, das hier Eichen stehen schon Beweis genug sind. Aber auch nur dafür, das Europäer hier waren. Wir allerdings haben den unumstößlichen Beleg, das es die Templer waren. Das allein würde die Wissenschaft schon auf Trab halten."

Maria stimmte zu. "Aber was erwarten wir denn eigentlich jetzt auf Owls Head?"

"Wir werden es herausfinden", Michael trank aus.

"Das kann nicht sein", keuchte Amado. Er und Benedikto waren von Luigi auf den neuesten Stand der Übersetzung gebracht worden. Was Luigi zu berichten hatte, schlug ein wie eine Bombe.

"Wenn sich das bestätigt", flüsterte Benedikto, "dann wird die Welt in Kürze nicht mehr dieselbe sein. Wie konnten sie so etwas finden und niemand hat es je mitbekommen?"

"Naja, jemand hat schon etwas mitbekommen", warf Amado ein. "Rom hat es mitbekommen, aber wohl nie gesehen oder übernommen".

Benedikto nickte. "Da ist was dran. Deshalb haben sie auch so ausgiebig gefoltert. Sie wollten es, aber bekamen es nicht."

"Amado? Du machst Dich sofort auf den Weg und versuchst den Standort herauszubekommen. Nimm dir jemanden mit und findet das Ding. Wir können es den Menschen nicht vorenthalten. Außerdem werden die Menschen erkennen und dann auch wissen, wem sie sich zuwenden sollten."

Amado nickte. "Ich geh sofort packen", sagte er und verschwand.

Nachdem sie sich in Mahon Bay gestärkt hatten, ging die Reise weiter.

Sie fuhren an der Küste lang. Es konnte nicht mehr weit sein, als Michael ohne Vorwarnung in die Eisen ging. Maria schrie erschrocken auf.

"Himmel, kannst Du uns nicht vorwarnen?"

"Verzeih", sagte Michael. Er deutet auf ein Gebäude links von ihnen.

"Hoard les Templiers", las Lorenzo laut. Er schaute Michael fragend an.

"Hort der Tempelritter", übersetzte Michael. "Ein Pub mitten in Nova Scotia mit dem Namen? Das wäre mehr als ein Zufall. Kommt lasst uns den mal genauer anschauen".

Michael lenkte den Wagen zum Parkplatz des Lokals.

Der Pub war interessant eingerichtet. Die Wände und Säulen waren in Steinoptik gehalten. Oben an den Säulen waren, wie in Kirchen Symbole im Übergang zur Decke. Michael kannte solche Symbole aus den großen Kirchen der Templer. Sei es in England die Temples oder Temple Church, in Spanien die Vera Cruz oder in Portugal die Kirche und Festung Tomar.

Ebenfalls zur Einrichtung gehörten Ritterrüstungen, Schwerter und in allen Ecken Mäntel und Fahnen mit dem roten Kreuz.

Eine junge Kellnerin kam heran.

"Hallo Fremde, ich bin Cathy und heiße sie willkommen".

Cathy war Anfang zwanzig, blond und hatte lustige Sommersprossen auf der Nase. Etwas freches lag in ihrem Blick.

"Hallo Cathy, etwas zu trinken wäre klasse", Michael lächelte. "Und einen Tisch für uns."

Cathy führte die Gruppe zu einem Tisch unter einem verzierten Rundbogen.

"Wollt ihr noch aussuchen?"

Michael nickte.

"Ach ja, was ich fragen wollte, wie kommt der Pub zu seinem Namen und zu diesem Thema?"

Cathy zuckte mit den Schultern. "Ich verdiene mir hier nur was zu meinem Studium dazu. Aber ich kann Brian holen. Ihm gehört der Laden. Der sollte wissen wieso das hier so ist".

Cathy verschwand nachdem Michael ihr kurz zugenickt hatte.

Maria und Lorenzo waren immer noch beeindruckt von der Einrichtung und den ganzen Details.

"Hallo Leute". Brian war ein großer und breiter Typ. Mit seinen Schulterlangen Haaren und seinen breiten Schultern, sah er selber aus wie ein Ritter.

Passend dazu war auch die Gewandung die er trug. Eine schwarze Wikingerhose, darüber eine Tunika, die er in Hüfthöhe mit einem extrem langen Gürtel gebunden hatte. Die Tunika war weiß und auf der Brust prangerte groß das rote Tatzen Kreuz.

"Freut mich", sagte Michael und bot Brian einen Platz am Tisch an.

Brian schien das nicht neu zu sein. Er nickte freundlich und nahm Platz.

Nachdem Brian saß, stellte Michael die Gruppe vor.

"Also lasst mich das kurz sortieren", sagte Brian. "Ein Amerikaner, eine Spanierin und ein Portugiese?" Brian schien nicht verwundert.

"Solche Konstellationen sind vor Jahrhunderten hier schon gelandet", er lachte laut.

Das musste auch Michael zugeben.

"Stimmt. Bis auf den Amerikaner", Michael grinste.

Er nahm einen Schluck Lager, das in der Zwischenzeit gebracht wurde.

"Also, Brian", sagte er. "Wie kommt ein Pub mit so einem Namen hierhin?"

Brian nickte. "Das fragen mich Gäste immer."

Brian trank einen Schluck und fuhr fort. "Im Jahr 1425, so die Legende, kamen weiße Männer hierher. Einer von ihnen, ein Mann namens Jules de Craon, soll hier sein Haus errichtet haben. Der Legende nach war er ein Mitglied der Templer. Aber aufgrund der

Jahreszahl scheint die Legende auch nur ein Märchen gewesen zu sein."

Michael dachte nach. "Natürlich", rief er. " de Craon, diesen Namen kenne ich. Es war Robert de Craon, ein Großmeister der Templer."

"Stimmt, ich hatte mal die Großmeister auflisten müssen, für eine Ausgrabung", stimmte Maria zu. "Ich glaube er war der zweite und das war so um 1140 rum".

"1147", erwiderte Michael und sah Maria direkt entschuldigend an.

"Klugsch…", Maria kam nicht dazu das Wort zuende zu bringen.

Brian griff ein. "Ja auf jeden Fall wird berichtet, das sie hier ihr, sagen wir, Hauptquartier aufschlugen und Gebäude errichteten. Sogar einen kleinen Hafen sollen sie angelegt haben, drüben an der Küste. Sie sollen ebenso mit 8 Schiffen angekommen sein. Dann sollen sie lange Zeit immer wieder unterwegs gewesen sein und am Ende hatten sie nur noch ein Schiff. Irgendwann waren sie plötzlich weg und wurden nie wieder gesehen."

Michael horchte auf. "Weg? Plötzlich? Entschuldige, aber wie kann das sein?"

"Und sie haben nichts hier gelassen?" Lorenzo brachte sich ein. "Ich meine eine ganze Horde Templer verbringt hier wer weiß wieviel Zeit und dann hinterlassen die nichts?"

Brian winkte ab. "Nein das habe ich nicht gesagt". Alle drei sahen Brian gespannt an.

"Weiter", flüsterte Maria.

"Also ich habe nie gesagt das sie nichts hinterlassen haben. Kommt mit", Brian stand auf und führte die drei nach hinten.

Sie durchschritten eine Tür, die mit <<Privat>> gekennzeichnet war. Dahinter lag ein Raum der wie ein Museum anmutete. Michael schaute sich erstaunt um. Der Raum war ebenfalls in Stein gehalten und Er war mit Schaukästen und einigen Artefakten ausgestaltet.

An der Wand, der Tür gegenüber hing ein großer Rahmen. Dieser war extra angeleuchtet und zeigt zwei uralte Dokumente. Michael trat näher. "Das", Brian war herangetreten. "Das mein Freund sind originale von Jules de Craon höchstpersönlich."

Michael schaute ihn beeindruckt an. "Wo hat man die denn gefunden?"

"Mein Urgroßvater fand diese in einer Ecke eines Stalls, welcher zu einem Hof gehörte der hier stand. In einer Mauer war ein Hohlraum und in diesem lagen unter Anderem diese Schriftstücke."

"Hier stand ein Bauernhof?" Michael war verwundert.

In der Zwischenzeit hatten Maria und Lorenzo sich ebenfalls die Stücke im Raum angeschaut und kamen heran.

"Brian?" Maria hatte eine alte Karte studiert.

"Was hat es mit der Karte da auf sich?"

Brian grinste. "Ja auch diese Karte gehörte dazu. Man muss bedenken, das zu dieser Zeit keinerlei Karten der neuen Welt vorhanden waren. So mussten sie selber die Küstenlinien aufzeichnen. Interessant ist hier", er zeigte in Richtung der Karte, "Das diese hier ausschließlich den unteren, also den südlichen Teil von Nova Scotia zeigt."

Michael warf ein, "Weil genau dieser Teil den Templern ausreichte."

Brian sah ihn verwundert an. "Wieso reichte der aus. Meinen Sie das sie nicht mehr entdecken wollten?"

Michael stimmte zu. "Ihre Mission war lediglich etwas in Sicherheit zu bringen und dafür zu sorgen das es in Sicherheit bleibt. Entdecken von Welten war nicht ihre Aufgabe. Das hier ist der Beweis."

Brian sah nachdenklich auf die Dokumente. "Aber was sollten sie hier in Sicherheit bringen?"

"Da kann ich vielleicht helfen", Maria hatte die beiden Schriftstücke genau studiert.

"Hier am unteren Ende der ersten Seite", sie zeigte auf das linke Dokument.

"Hier steht: *Die Fracht wurde wie aufgetragen geteilt. Während ein Teil bei den Eichen schläft, so ist der zweite und wohl unter der Eule verwahrt. Die Anlage wurde nach Vorlage entworfen und angewendet worden. So denn ist der Auftrag zur Gänze erfüllt und wir werden nach Hause zurückkehren, sobald die Spuren von der Zeit ausgelöscht wurden.*

Maria sah auf. "Es wurde etwas aufgeteilt? Aber was?"

Lorenzo sah sich um. "Ist sonst noch etwas gefunden worden?"

Brian schüttelte den Kopf. "Leider nein, allerdings berichtete mein Vorfahr davon, das der Hohlraum eher so aussah das er in Hektik verschlossen wurde und nicht mit der Sorgfalt, die jemand hätte, wenn dieser genug Zeit gehabt hätte."

Michael schaute überrascht hoch. "Sie waren in Eile?"

"Es schien so. Laut der Legende kamen Krieger aus dem Landesinneren und bekämpften die Fremden. Abgesehen davon soll wohl auch noch zusätzlich eine Krankheit die Fremden heimgesucht haben."

"Das würde erklären, warum nur vereinzelt welche zurückkamen. Aber was wurde aus den Schiffen?" Michael sah sich um. In einer Ecke sah er ein Stück von einem Ruder.

Dies schien ebenfalls uralt zu sein. Er zeigte darauf. "Brian? Was ist damit?"

Brian sah in die Ecke. "Das wurde den Erzählungen nach so um 1740 hier an der Küste angeschwemmt. Wir haben es bestimmen lassen. Laut den Untersuchungen, soll es aus dem 12. oder 13. Jahrhundert stammen. Das Holz wurde Europa zugeordnet."

Michael fragte sich, ob das bedeutet, dass die Schiffe untergegangen oder angegriffen wurden.

Sie gingen zurück in den Schankraum.

Sie hatten sich wieder auf ihre Plätze gesetzt und Cathy brachte eine neue Runde.

"Zumindest wissen wir jetzt das sie etwas hierher gebracht haben." Lorenzo lehnte sich zurück. "Allerdings ist mir nicht klar, was so wertvoll war, das sie so eine Fahrt auf sich nahmen und noch interessanter, wieso bauten sie wohl zweimal die gleiche Anlage?"

Michael schaute in sein Glas. "Das, meine Freunde, ist die Frage. Fakt ist, das was sie her brachten, fanden sie wohl unter dem Tempelberg in Jerusalem. Das Jerusalem in welchem Jesus Christus hingerichtet wurde. Das Jerusalem welches in seiner Geschichte so viel erlebte."

Michael sah die beiden an. "also was war für andere so gefährlich das es so versteckt werden musste. Und was noch viel wichtiger ist, was ist es was danach nie wieder hervorgebracht werden musste. Denn in den folgenden Jahrhunderten kam keiner mehr. Jedenfalls nicht soweit wir wissen."

"Das würde diesen <<Notfall Nebenschacht>> erklären", warf Maria ein. "Ich hatte die Anlage ja nachgezeichnet und jeder der über den Hauptschacht ging, würde Bekanntschaft mit dem Meereswasser machen. Allerdings wer die Anlage kennt, der geht über diesen Nebenschacht rein und kann fast ohne Probleme an, was auch immer, rankommen."

Michael holte sein Handy hervor und schaute sich die gesendete Datei an.

"Absolut richtig", er nickte Maria zu. "Allerdings würde man je nach dem kaum etwas über den Nebeneingang heraus bekommen".

"Stimmt, aber von da unten", sie zeigte es auf dem Display, "könnte man die Sicherheitsmaßnahmen von da unten ausschalten".

Das hatte Michael übersehen. Aber als Maria es erwähnte, konnte er das was sie sagte deutlich erkennen.

"Natürlich", rief er.

"Aber nur solange die nicht ausgelöst wurde. Das erklärt warum es in Oak Island keinen Fund gab. Sehr her…"

Sie beugten sich über das Handy, was Michael in die Mitte des Tisches gelegt hatte.

"Schaut, wenn einer die Anlage auslöst, rutscht das Ganze einfach in die nächste versetzte Ebene. Da findet ihn dann keiner mehr. Sehr raffiniert."

Michael sah auf die Uhr. Es war schon sehr spät an diesem Nachmittag und so beschlossen sie. Am nächsten Morgen nach Owls Head Island aufzubrechen.

"Brian?" Michael sah sich suchend um.

Brian kam heran. "Ja die Herren und die Dame natürlich?" Er verbeugte sich vor Maria, die beschämt kicherte.

"Wir brauchen für die Nacht etwas wo wir bleiben können".

"Na wir haben auch Zimmer zu vermieten. Also wenn es für Euch ok ist, dann könnt ihr direkt hier bleiben."

Michael nickte zufrieden.

Sie aßen und tranken und gingen früh zu Bett.

Kapitel 13 - Die neue Welt

Henry St. Claire lehnte an der Reling. Das Wetter war trüb und hohe Wellen schoben das Schiff übers Meer. Einige der Brüder waren seekrank geworden und alle wünschten sich das die Wellen bald weniger würden. Henry war alt geworden. Fast fünfzig Jahre war es her, das er aus Frankreich nach Hause gekommen war. Sein Lehrmeister und Mentor, Darius, hatte ihn in den Orden eingeführt und in der schottischen Heimat erfuhr er neben den Geschichten von Darius auch einiges über seine eigene Familie. Die St.Claire's. Laut Erzählungen stammten sie von Wikingern ab. Von Ihnen kam auch die Angabe, wenn man immer weiter nach Westen segeln würde, würde man dort auf Land treffen. Dieses Ziel wollte Henry mit seinen Brüdern nun erreichen. Dort würden sie die alten Artefakte des Ordens verstecken. Dafür hatten sie in Jahren der Arbeit eine Anlage erschaffen,, welche die Sicherheit garantieren sollte. Sie waren seit Wochen unterwegs und Henry sah auf den Karten das es nicht mehr lange dauern würde.

In den letzten Jahrzehnten hatte Henry es geschafft auf der einen Seite der Krone zu gefallen zu sein und auf der anderen Seite den Orden weiter zuführen. Offiziell durften sie nicht als Tempelritter agieren, aber sie fanden Wege den Orden weiter leben zu lassen.

Jetzt, nachdem die Küste von Schottland außer Sicht war, zogen sie alle die Mäntel mit den Zeichen des Ordens heraus und wie ihre Vorfahren, so standen sie an Deck bekleidet mit den weißen Mänteln und den Blutroten Kreuzen. Die Segel wurden ebenfalls ausgetauscht.

Sein Vertrauter auf der Reise war ein Mann namens Antonio Zeno. Dieser war ein venezianischer Seefahrer. Sie hatten sich vor Jahren in einem schottischen Hafen kennen gelernt und Henry hatte ihm von der Idee erzählt. Antonio war sofort Feuer und Flamme für das Vorhaben. So könne er neue Karten entwerfen für die Nachwelt, sagte er. Im Laufe der Jahre war aus Antonio ein überzeugter Anhänger geworden.

Sie hatten schon Land gefunden, wurden jedoch von den Fischern dort darauf hingewiesen, das weiter westlich auch noch Land liegen würde. So segelten sie weiter und Antonio fertigte eifrig seine Karten an.

Henry dachte in diesen Tagen oft zurück. Als er ein Kind war und diese Reise mit einem nächtlichen Überfall in Frankreich begann. Dort erfuhr er das Darius ein alter Eremit, der immer wilde Geschichten erzählte und bei dem die Kinder im Dorf annahmen das bei ihm wohl einiges nicht stimmte, in Wirklichkeit der beste Freund seines Vaters war. Henry erfuhr im Laufe der Zeit so viel und sein Bild der Welt hatte sich völlig verändert. Jetzt im hohen Alter, dachte Henry oft daran wie sein Leben verlaufen war.

Der Ruf aus dem Ausguck riss Henry aus seinen Gedanken.

Er schaute über die Reling. Vor ihnen tauchten Inseln auf. Jede Menge Inseln.

Henry gab den Befehl durch diese Masse an Inseln durch zu segeln.

Es waren bestimmt hunderte von Inseln. Aber sie erkannten das Festland, was dahinter lag.

Sie waren angekommen. Innerlich triumphierte Henry. Er ließ das Schiff in sicherer Entfernung vor Anker gehen. Anschließend ließen sie die Boote zu Wasser um an das Ufer zu gelangen. Sie mühten sich ab die Boote mit dem Ruder ans Ufer zu bringen.

Endlich nach Wochen hatte Henry festen Boden unter den Füßen.

Wo waren sie? Wer lebte hier? Sie sahen keine Häuser oder Hütten. Keine Menschen waren hier. War das was sie gefunden hatten unbewohnt? Die Inseln sahen ebenfalls unbewohnt aus.

Eigentlich perfekt, dachte Henry. Keine Seele weit und breit. Weit weg von der Kirche. Hier konnte er mit seiner Aufgabe beginnen. Sie waren mit vierzehn Schiffen gekommen. Acht Schiffe schickte Henry weiter die Küste runter. Sie sollten dort eine geeignete Stelle finden und ihm dann Bescheid geben. Sie konnten es nicht riskieren, alles an einer Stelle zu verstecken. Sie lagerten am Ufer und begannen notdürftige Unterstände zu bauen. Für Henry war es klar. Sie würden hier bleiben. "Sir?", einer der Männer trat auf Henry zu. Es war Georg McInnes, ein guter Vertrauter von Henry. "Ja Georg?"

Georg sah ihn an. "Die Männer wüssten gerne wo wir hier sind? Ist das noch die Welt die wir kennen?" Henry schüttelte den Kopf. "Nein, Georg. Das hier ist die neue Welt. Nennen wir sie Neu Schottland."

"Neu Schottland", wiederholte Georg. "Klingt gut." Er wandte sich wieder seiner Arbeit zu.

Tagelang hatte Henry sich von einer Insel zur anderen fahren lassen. Er wollte den perfekten Platz für sein Vorhaben suchen. Jeden Abend erhellten etliche Feuer die Küste. Sie hatten angefangen Hütten zu bauen. Erst einmal aus Holz, wollten sie auf die Suche nach Steinen gehen um nach und nach Häuser aus Stein zu bauen.

Wenn Henry nicht auf den Inseln unterwegs war, ging er selber mit um passenden Stein zu finden. Eines Tages arbeitete er sich durch das dichte Unterholz, als er plötzlich vor einem Menschen stand.

Henry war das Herz in die Hose gerutscht. Jedoch fing er sich schnell.

Er betrachtete den Mann der ihn mit <<knick knack>> begrüßte. Das hörte sich für Henry so an. Er hob die Hand und lächelte freundlich. Der Mann wies ihn an ihm zu folgen.

Henry schritt hinter ihm her. Der Mann war kleiner als Henry und sah irgendwie wild aus. in Leder gehüllt und mit buntem Schmuck behängt sah dieser wirklich aus wie aus einer anderen Welt.

Der Mann führte Henry durch den dichten Wald. Ohne Vorwarnung traten sie auf eine große Lichtung. Henry stockte der Atem. Er sah ein Dorf aus Hütten. es gab kleine Wege zwischen den Gebäuden und so etwas wie ein Dorfplatz in der Mitte. Er sah aufgespannte Felle und Frauen die über Kochstellen hockten. Kinder rannten lachend über die Wege. Henry war sprachlos. Das hatte er nicht erwartet. Der Mann winkte und Henry folgte. Als die ersten den großen

Fremden sahen, liefen einige ängstlich davon, andere kamen heran um den Neuankömmling genauer zu betrachten. Der Mann führte Henry zu dem Dorfplatz. Dort hieß er ihn an zu warten. Henry kam dem nach. Der Mann verschwand und kam in Begleitung eines älteren Mannes wieder. Dieser grüßte Henry. Er hörte wieder das was wie <<knick knack>> klang. Er hob wieder seine Hand. Sie sprachen durcheinander. Henry hatte diese Sprache noch nie gehört. Obwohl Darius ihn in einige Sprachen einführte, so kannte er keine die dieser ähnlich war. Henry verbrachte den Tag bei den Menschen. Mit Händen und Füßen versuchten sie irgendwie eine Verständigung aufzubauen.

Als er später aufbrach, zeigten sie ihm an, er solle wiederkommen. Das versprach er gerne.

"Ich denke ich habe sie gefunden", Henry strahlte. Die Insel die er ausgesucht hatte lag fast direkt vor der Küste. Aber vom Meer aus wurde sie von den anderen Inseln verdeckt. Wenn Henry eine Gefahr sah, dann von dort aus. Vom Festland aus machte er sich keine Sorgen. Sie hatten sich in der Zwischenzeit mit den Menschen hier, die er Mi'kmaq nannte, angefreundet. Er hatte gelernt das dieses <<knick knack>> bei ihnen wohl eine

Art <<Hallo>> war. Der Mann den er als erstes getroffen hatte, trug den Namen Adahy. Sie kannten auch Henrys Namen. Es klang komisch wenn sie ihn aussprachen.

Die Mi'kmaq hatten geholfen Ihnen Hütten in Ufernähe zu bauen, so dass jeder sein eigenes Dorf hatte.

Georg sah Henry an. "Wo liegt sie?"

"Dort", Henry zeigte auf eine Insel.

"Sind das zwei?" Fragte Georg. Henry nickte.

"Aber wir machen daraus eine".

Georg blickte ihn verwundert an. "Und wie? Und warum sollten wir das machen?"

"Warte ab, mein Freund. Ich habe da eine Idee."

Die Männer die weiter gesegelt waren, hatten ein Schiff zurück geschickt. Henry erfuhr dass sie das Festland umrundet hatten und auf der anderen Seite eine Insel gefunden wurde, die perfekt für die Aufgabe war. Henry war zufrieden. Aber die schwerste Arbeit begann erst jetzt. Henry hatte die Männer am Strand versammelt. Weit über hundert standen da und hörten wie Henry seine Vorstellungen preisgab. Er wollte mit Hilfe der Schiffe die Inseln zu einer machen. So das jeder der sie sah nicht erkennen würde, das es zwei waren. Hilfreich dabei würde der Aushub der Anlage sein, die sie ein ganzes Stück weiter erschaffen würden. Henry malte die Inseln in den Sand und teilte die Männer für die Arbeiten ein.

Kapitel 14 - Wunder in der Tiefe

Am nächsten Morgen saßen die drei schon früh im Pub. Sie ließen sich Frühstück bringen und gingen den kommenden Tag durch.

Brian tischte Ihnen ein schottisches Frühstück auf. Auf dem Tisch standen, baked Beans, gebratener Speck, Porridge, Toast, Marmelade, Butter, Grilltomaten, gebratene Pilze, Grillwürstchen und Haggis.

Dazu gab es köstlichen Kaffee.

„Schatz?" Michael sah zu Maria. Sie lächelte.

„Sag mal, was stand noch in den Dokumenten an der Wand?"

Sie legte ihren Kopf in seinen Arm.

„Naja, vieles über die Ankunft, den ersten Kontakt zu den Ureinwohnern. Alles wohl recht friedlich.

Was mir einfällt, es stand da etwas von Inseln zusammenfügen. Aber wenn ich mir das Dokument nochmal vor Augen führe, dann stand da genau, das sie die Insel zusammengeführt hatten. Was soll das heißen?"

Michael war fast aufgesprungen. "Das ist es. Das ist der Beweis. Wir haben den Stein mit dem Kopf gefunden und hatten ja schon vermutet, das sie die Inseln zusammengeführt hatten. Aber das hier bedeutet, das sie es wirklich gemacht haben. Wisst ihr was das heißt?"

Lorenzo sah ihn verständnislos an.

Michael schaute sie triumphierend an. „Improvisation. Sie haben improvisiert. Schaut. Sie hatten die Pläne der Anlage und aufgrund der Beschaffenheit der Inseln, hat Henry kurzerhand entschlossen, den Plan zu ändern."

Maria und Lorenzo saßen da und sahen Michael fassungslos an.

Michael aber war in seinem Element.

„Sie haben sich nicht an die Vorgaben gehalten. Und das bedeutet, auch auf Oak Island liegt das, was sie hinbrachten noch unentdeckt im Boden."

„Dort fand man vor Kurzem eine Schiffsplanke. Was wenn sie dort aus den Schiffen Dämme gebaut hatten und die Mitte mit Erde auffüllten? Zum Beispiel, die Erde aus der Anlage? Damit würde man schon in Kürze keine Spuren mehr finden."

„Michael", rief Maria. „Das ist fantastisch".

Lorenzo nickte anerkennend.

„Aber", gab Maria zu bedenken, „Was soll dann im Hauptschacht sein? Für einen Nebenschacht und solch eine Anlage sind die beiden Punkte zu weit voneinander entfernt".

Michael überlegte. „Stimmt, aber wenn Sie dort lediglich ein paar Kisten mit Dokumenten und, oder Gold und Silber vergruben, dann würde sich keiner um den wahren Schatz kümmern, oder?" Er blickte die beiden an.

Lorenzo begann zu verstehen.

„Das wäre der absolute Hammer, Michael. Sie hätten damit ein Meisterstück vollbracht."

Aber können wir da, also in Oak Island nach den ganzen Grabungen noch was nachweisen?

Michael dachte nach. „Wenn da was war. Leider wird uns Oak Island kaum noch irgendwelche Hinweise geben. Da der Hauptschacht so malträtiert wurde, das da kaum Hoffnung besteht irgendwas Ganzes zu bergen. Auch der Nebenschacht wird kaum noch intakt sein. Einzig und allein, der Sumpf könnte die Theorie unterstützen, wenn dort mehr als nur eine Planke auftauchen würde."

Lorenzo trank einen Schluck. „Aber wie und wo sollen wir jetzt auf Owls Head anfangen und noch viel wichtiger, kommen wir da überhaupt drauf?"

„Da kann ich helfen", rief Brian und kam rüber.

„Ich kenne den Besitzer und der wird nichts dagegen haben. Allerdings wird die Überfahrt etwas kosten, denke ich".

„Das ist kein Problem", Michael winkte ab. „Wenn er uns rüber bringt und wieder abholt, soll er auch etwas davon haben."

Amado war in Halifax gelandet. Zusammen mit Vito, einem kleingewachsenen und etwas dicklichen

Ordensbruder, hatte er sich auf den Weg gemacht.

Er wusste das die alten Brüder nach Kanada aufgebrochen waren. Das allerdings hinter den Legenden um

Nova Scotia und Oak Island etwas stecken würde, hatte ihn überrascht. Er war davon ausgegangen, das die Alten sich eher hier nur umgesehen hatten um einen neuen Stützpunkt, eine Bleibe und Heimat zu finden. Amado vermutete das die Besitztümer des Ordens in Europa verteilt worden waren. Oak Island war recht einfach zu identifizieren. Aber der Hinweis mit den Eulen war schon kniffliger. Zumindest saßen im Hauptquartier alle Brüder daran, diesen Punkt zu finden. Einige Hinweise waren schon eingegangen. So gab es an der Ostküste

Amerikas einige Punkte, die Amado ins Visier nehmen wollte. Allerdings war sein erstes Ziel Oak Island.

Vielleicht ließ sich dort ja etwas finden, was ihm den

weiteren Weg weisen würde.

Sie nahmen sich einen Mietwagen und fuhren in
Richtung Mahon Bay.

Maria, Lorenzo und Michael, standen im Hafen von Little River Harbour.

Den Wagen hatten sie oberhalb abgestellt und liefen zu dem einzigen Steg. Dort winkte ihnen schon ein junger Mann zu. Es war Dan Dawson. Ihm gehörte die Insel und er hatte sich bereit erklärt die Gruppe dorthin zu bringen.

„Freut mich euch kennen zulernen", Dan war vielleicht Mitte zwanzig, hatte blonde kurze Haare und eine
normale Figur. Die Sachen die er trug zeichneten ihn als
Fischer aus.

Sie stellten sich vor und betraten das kleine Boot.

„Wie lange gehört Ihnen die Insel schon?" Michael hatte sich zu Dan begeben.

Dan überlegte. „Bestimmt schon seit drei oder vier
Generationen."

„Haben sie jemals etwas über die Geschichte der Insel gehört?"

Dan grinste. „Na, wer nicht?"

Er lehnte sich mit einer Hand am Steuer an die Reling.

„Die Geschichten hier sind immer dieselben. Die bekommst Du schon als Kind erzählt. Also irgendwann für etlichen Jahrhunderten, kamen Männer mit Schiffen hier an. Viele Männer, viele Schiffe. Sie freundeten sich mit den Einheimischen an und erklärten Sie wären übers Meer gereist. Sie schlugen Ihr Lager an der Küste auf. Das soll zwischen Little River und Comeaus Hill gewesen sein. Überreste gibt es nicht. Jedenfalls sollen sie jeden tag mit kleinen Booten rausgefahren sein. Tag für Tag, Woche für Woche, Monat für Monat und Jahr für Jahr."

Michael sah Dan an. „Jahr für Jahr? Wie lange waren sie denn hier?"

Brian hob die Schultern.

„Die Legende sagt das sie etliche Jahre hier waren. Dann, auf einmal und ohne Vorwarnung waren sie weg.

Die Legende besagt, das sie den Ureinwohnern gesagt hätten, das niemand erfahren dürfe das sie hier gewesen sind. Das vielleicht böse Männer kommen und etwas suchen würden. Sie sollten sich den Versuchungen, die diese Männer anbieten könnten nicht hergeben. Alles irgendwie strange". Dan grinste. „Altweibermärchen".

Er sah zu Michael. „Was wollen sie jetzt eigentlich genau auf meiner Insel?"

Michael überlegte, in wieweit er Dan aufklären sollte. Er beschloss ihm so wenig wie möglich zu erzählen.

„Naja wir sind auf der Suche nach Spuren, welche solche Legenden bestätigen oder widerlegen."

„Solange ihr meine Insel nicht versenkt", lachte Dan. „Also da ihr ja über Nacht bleiben wollte, es stehen alte verlassene Gebäude auf der Insel, die könnt ihr nutzen. Unten im Schiff sind Schlafsäcke und Proviant."

Michael dankte Dan und versprach rücksichtsvoll mit der Insel umzugehen.

Dan hatte sie abgesetzt. Sie standen am Ufer der Insel und schauten sich um.

Dan hatte sie an einer guten Stelle rausgelassen. Sie mussten nicht einmal durchs Wasser waten.

In einiger Entfernung sah Michael die Gebäude, die Dan erwähnt hatte. Das obere und untere Ende der Insel war bewaldet. In der Mitte der Insel, auf Höhe der Gebäude war der Bewuchs eher spärlich.

Lorenzo stöhnte. „Und wo sollen wir jetzt suchen?"

Michael sah sich um. Er hatte keine Ahnung.

„Michael Shane!" Amados Stimme zitterte .

Sie fuhren nach Süden. Die Dame im Besucherzentrum von Oak Island hatte Amado von einem Amerikaner in Begleitung einer Frau und einem Mann gesehen.
Die beiden Begleiter machten einen Südeuropäischen Eindruck auf die Frau.
Also ist Michael nicht alleine, dachte Amado. Sollte ihm egal sein. Er war es auch nicht. Wie weit Michael
Bescheid wusste, das war etwas worüber Amado sich Gedanken machte. Von der Frau im Besucherzentrum wusste Amado das die drei nach Süden gefahren sind. Sie hatten gefragt welche Route nach Little River führte. Als Amado bei Google nachsah, sah er die Insel namens Owls Head Island, was sein Herz höher schlagen ließ. Er gab dem Hauptquartier bescheid und jagte los.

Sie waren jetzt schon Stunden lang die Insel hoch und runter gegangen. Nirgendwo war auch nur die Spur eines Hinweises zu finden. Mutlos fanden sie sich bei den
Gebäuden ein.
„Ich weiß absolut nicht wo hier was sein soll", Maria setzte sich auf den Boden. Lorenzos Blick wanderte hin und her. „ich kann auch nichts erkennen."
Michael setzte sich zu Maria. „Irgendwo muss etwas sein."

Denk nach, Michael sah sich um. *Irgendwo muss was sein.*

Michael lies die ganze Reise in Gedanken nochmal an sich vorbei ziehen.

Er stand auf und ging erneut in Richtung des oberen Teils der Insel. Nichts. Verdammt. Michael fluchte.

Er drehte sich um. Da sah er es. Um sich zu Vergewissern, schaute er erneut in beide Richtungen. Nein, er hatte Recht.

„Maria, Lorenzo, kommt her", rief Michael.

Die beiden eilten zu ihm.

„Was ist?", rief Maria.

„Schaut, er zeigte auf den unteren, den größeren Teil der Insel. „Seht ihr es?"

Die beiden schauten hin und her. Aber an ihren Gesichtern sah Michael, das beide keinen blassen Schimmer hatten, was er meinte.

Herr Gott, kann das sein? Michael verzweifelte.

"Also gut, schaut her." Er zeigte auf den oberen, den kleinen Teil.

"Ja und was?" Maria versuchte irgendwas zu sehen. Michael stellte sich in die Mitte zwischen den beiden. "Ok, schaut jetzt zum unteren Teil."

Wie gebannt starrten die beiden hin. Da war nichts. "Spann uns nicht weiter auf die Folter", Lorenzo verlor die Geduld. "Was genau meinst Du jetzt?"

Michael versuchte zu beschwichtigen. "Die Vegetation. Also im oberen Teil seht ihr die hier üblichen Sträucher, Büsche und Bäume. Drehen wir uns jetzt zum unteren Teil, sehen wir….".

"….eine Eiche", ungewollt schrie Maria es hinaus. "Richtig", bestätigte Michael. "Glückwunsch. Genau eine, ich widerhole, EINE einzelne Eiche. Wenn das kein Hinweis ist. Sie ist Uralt und Eichen können bis zu 800 Jahre alt werden. Ich würde darauf wetten, das dieses Exemplar ungefähr 500 bis 600 Jahre alt ist."

Das saß. Sprachlos starrten alle den einzelnen Baum seiner Art an.

"Oak Island", resümierte Lorenzo, "erhielt den Namen weil die Insel voller Eichen war. Ein Baum der in dieser Gegend nicht vorkommt. Also warum steht hier nur eine einzige?"

Michael nickte. "Das ist eine gute Frage. Vielleicht sollte diese nur von einigen wenigen entdeckt werden. Außerdem gebe ich zu bedenken, das die Schatzsuche auf Oak Island losgetreten wurde durch eine alte Seilwinde und eine Senke im Boden. Die Eichen hatte da noch keiner auf der Rechnung."

Maria schaute auf die umliegenden Inseln. "Richtig. Gehen wir mal davon aus, dass Oak Island voll mit Eichen war, weil viele, also viel mehr Inseln sie umgaben als diese hier. Dann wären all die ganzen Eichen einfach eine Möglichkeit die Insel zwischen den anderen wiederzufinden. Die hier sollte möglicherweise nicht einfach so gefunden werden und so hielten sie es für ausreichend nur eine Eiche zu pflanzen, damit das Auffinden nicht so einfach würde.

Die beiden anderen gaben ihr Recht. In der Zwischenzeit hatten sie damit begonnen in Richtung der Eiche zu gehen. Sie mussten durch dichtes Unterholz bevor sie vor der Eiche standen. Unspektakulär aber wunderschön, erhob sich der fremde Baum zwischen den anderen empor. Sie standen um die Eiche herum und versuchten was zu finden.

"Also auf Oak Island war es wie gesagt ein alter Flaschenzug und ein Reststück Seil. Ich denke nicht das sich das hier wiederholt." Michael kniff die Augen zusammen und schaute hoch in die Krone des Baums. Aber Außer den Ästen und dem Blattwerk war nichts zu erkennen.

"Michael?" Lorenzo sah Michael fragend an. " Was machen wir jetzt? Wo sollen wir suchen?"

Michael sah sich den Boden an. Keine Senke. "Es wäre zu einfach wenn es sich wiederholen würde. Wir müssen uns in die Lage derjenigen versetzen. Wo würdet ihr nachdem alles erledigt ist, das Signal hinsetzen?"

Die beiden zuckten mit den Schultern. Maria versuchte es und machte den Anfang. "Ich würde das Signal so setzen, das man es ohne Probleme erkennt, wenn man eingeweiht ist. Aber wie ich das im Hinblick auf die Anlage machen würde, keine Ahnung. Vielleicht auf den Nebenschacht?"

Michael schüttelte den Kopf. "Wenn etwas so wertvoll ist, das es so eine Anstrengung verdient, dann wäre es dumm den einzigen Eingang zu versperren. Ebenso wäre es quatsch den Baum auf den Hauptschacht zu setzen. Den soll man ja finden, wenn man schon so weit gekommen ist um das was versteckt wurde, für immer außer Reichweite zu schaffen."

"Wo und wie sollen wir dann vorgehen?" fragte Lorenzo.

"Ganz einfach", erwiderte Michael. Wir suchen die nähere Umgebung nach Hinweisen ab. Das können Felsen mit Zeichen sein oder aber auch Steine im Boden."

Sie hatten Äxte Schaufeln und Spitzhacken von Dan mitbekommen. Mussten aber versprechen nicht tiefer als vier Meter zu graben ohne das Dan anwesend war.

"Also befreit den Boden und sucht. 600 Jahre, lassen eine Menge Gras über die

252

Sache wachsen." Michael lachte. Er schien voller Tatendrang zu sein, den Hinweis zu finden.

Maria fand das irgendwie süß, als sie sah wie Michael gleich einem Kind was sich auf Weihnachten freut, los jagte.

Stunden lang waren sie schon unterwegs. Die Suche war anstrengend. Maria war als Angestellte im Archiv es nicht gewohnt den Körper dermaßen zu beanspruchen. Aber Michael zuliebe würde sie bis zum umfallen weitermachen. Sie konnte sich nicht vorstellen ihn nicht mehr zu sehen. Sie wusste auch nicht wie das Ganze hiernach weitergehen sollte. Aber sie würde alles dafür tun, bei ihm zu bleiben. Es war ein lange nicht mehr gehabtes Gefühl das sich in ihr ausbreitete. Sie würde in Kürze…., die Schaufel traf einen Stein.

Schon wieder, dachte Maria. Sie hatte schon einige Steine ausgegraben. Sie kratzte gelangweilt das steinerne Hindernis frei. *Oh Gott,* sie schluckte. "Michael?" es war mehr ein Krächzen als ein Ruf. Sie müsste sich wundern wenn irgendjemand das gehört haben sollte.

Sie sammelte sich und versuchte es erneut. "Michael? Hier ist was", das war jetzt lauter als Maria wollte. *Verdammt,* dachte sie. *Typisch das hilflose Frauchen ruft den starken Mann*. Sie verfluchte sich. Keuchend kam Michael angerannt.

"Was ist?" rief er schwer atmend.

"Hier, ich glaube das ist was", Maria zeigte auf den frei gelegten Stein. Michael ging in die Hocke und nahm den Stein in Augenschein. Maria hatte Recht. Hier war definitiv etwas eingeritzt worden. Aufgrund der trocken werdenden Erde, verblasste das Bild. Michael nahm das Wasser was er dabei hatte und wusch die Stelle sauber. Die drei blickten auf ein Handgroßes Tatzen Kreuz.

" Das ist interessant", murmelte Michael. "Aber haben wir da jetzt den Hauptschacht oder den Nebenschacht, oder überhaupt was?"

Lorenzo hatte sich herunter gebeugt. "Da ist noch was". Er zeigte neben das entdeckte Zeichen.

Michael nahm erneut die Wasserflasche. Er wusch die Stelle rechts neben dem Tatzen Kreuz frei. Zum Vorschein kam…

"Soll das ein Scherz sein?" Michael atmete laut ein.

"Naja", Lorenzo sah genau hin. "Allgemein waren die Templer ja für die Kirche unterwegs und dementsprechend gläubig. Also ist es da so unerwartet das Christenkreuz daneben zu sehen?"

Michael erhob sich zum Protest. "Denk nach", er schritt auf Lorenzo zu. "Es stimmt was du sagst, also wenn wir in das Jahr 1118 zurück gehen. Aber hier", er zeigte auf den Stein. "Hier reden wir von dem Jahr um 1400 herum. Ich denke kaum das die Templer denjenigen die sie ausgerottet haben, aus Dankbarkeit ein Zeichen hier setzen würden. Aber ich denke das es in ihrem Interesse war, das die Menschen das glauben. Sprich, hier finden wir den Hauptschacht, wetten?"

Triumphierend sah er die beiden an.

Er wollte die Schaufel in die Erde rammen, als Maria ihren Arm auf seinen legte.

"Warte", sie sah ihn an. "Hattest Du nicht gesagt, das der Hauptschacht nur zur Ablenkung dient und das Freilegen des Schachtes das Sicherheitssystem aktiviert. Was dazu führt das, was immer da unten ist unerreichbar werden lässt? Maria holte Luft.

Michael stimmte ihr zu. "Da hast Du recht. Aber bedenke. Auf Oak Island hat es eine Tiefe von dreißig Metern benötigt um die Anlage bis zur achtzehn Meter Marke volllaufen zu lassen. Die drei Jungen die die Anlage fanden aber gruben gerade einmal neun Meter tief. Hier wurde nicht berichtet das Wasser eindrang. Was aber viel wichtiger ist. Nach drei Metern stießen sie auf das erste Hindernis. Schieferplatten. Ein

Gestein was zum Einen nicht auf Oak Island vorkommt und zum Anderen nicht bearbeitet ohne Grund in den Untergrund gelangen konnte."

"Also willst Du drei Meter tief graben um zu bestätigen, das wir den Hauptschacht haben?" Lorenzo hatte verstanden.

Michael nickte und begann die Schaufel in den Boden zu hämmern.

Auch wenn Maria mit unmenschlicher Kraft mithalf so dauerte es Stunden bis sie gerade einmal zwei Meter tief kamen.

Michael hielt inne. "Es dämmert, wir sollten morgen weitergraben".

Die beiden anderen stimmten zu. Sie begaben sich zu den Gebäuden.

Nachdem Michael und Lorenzo ein Feuer angezündet hatten, versammelten die drei sich. Sie saßen um das Feuer herum und grillten Würstchen am Spieß. Für die Männer hatte Dan Bier mit eingepackt und für die Dame der Gruppe eine Flasche Sekt.

"Wir müssen die drei Meter erreichen bevor wir abgeholt werden", sagte Michael. Er hielt die Wurst in gemessenem Abstand zur Hitze.

„Dort werden wir sehen ob wir den Hauptschacht haben oder nicht. Wenn dort etwas ist, also Steinplatten oder eine Schicht Eichenstämme im besten Fall, dann würden wir ebenso beweisen, das es dieselben waren die auch die Anlage in Oak Island gebaut haben."

Maria schaute in die Flammen. „Was ist wenn, also wenn sie genauso wie in Oak Island für das wichtige einen anderen Punkt gewählt haben?"

„Da habe ich auch schon drüber nachgedacht", gab Michael zu. „Aber eigentlich wäre es egal". Die beiden sahen Michael überrascht an.

Er hob die Schultern. „Mal ehrlich. Wenn dort Kisten mit Dokumenten und eventuell Gold oder Silber liegen, dann reicht uns das doch erst einmal. Damit würden wir beweisen, das die Templer um vierzehnhundert in Amerika waren. Was meint ihr was das auslösen würde? Klar, würde ich auch am liebsten den heiligen Gral finden, aber sind wir realistisch. Es ist wahrscheinlicher, das hier eher Schriften und Metall liegt." Er sah die Enttäuschung in den Gesichtern. „Andererseits", er grinste. „Noch ist nichts entdeckt und alles möglich, Freunde".

"Und was, wenn wir dort doch etwas wie den Gral finden?" Lorenzo sah Michael erwartungsvoll an.

Michael genoss den Schluck aus der Flasche.

"Na dann werden wir den Gral gefunden haben". Sie lachten

Am nächsten Morgen machten sie weiter. Maria hatte vom Vortag Blasen an den Händen und Michael bestand darauf das sie Kürzer treten sollte. Davon wollte Maria aber nichts wissen. gegen Mittag stießen sie auf eine Lage Baumstämme. Michael jubelte. "Wir haben ihn gefunden", rief er. Sie tanzten Freude trunken. Schnell aber setzte die Ernüchterung ein.

"Ok", sagte Lorenzo. "Wir haben wohl den Hauptschacht, aber was jetzt?"

Michael sah auf die Lage der Stämme. "Das ist ebenfalls Eiche. Also hatten sie Stämme dabei. denn hier fällen ging ja nicht. Wir müssen den Nebenschacht finden und aus diesem Grund müssen wir Dan einweihen."

Maria war unsicher. "Aber können wir ihm trauen?" Der Einwand war berechtigt. Michael und Lorenzo wussten das etliche hinter dem her war, was die Templer aus Jerusalem heraus geschafft hatten. Aus diesem Grund war es nicht unwichtig, wem man sein Vertrauen schenkt.

„Naja", sagte Lorenzo nachdenklich. „Eigentlich müssen wir Dan gar nicht einbeziehen".

„Wie meinst Du das?" Michael hatte sich Lorenzo zu gewandt.

„Schau mal", begann Lorenzo. „Solange wir nicht wissen wo der Nebenschacht ist und wir nicht tiefer graben müssen, brauchen wir niemanden zu informieren. Stellt euch vor wir finden eine, was weiß ich, sagen wir, eine geheime Luke im Boden. Darunter ist dann der Nebenschacht. Dann brauchen wir nicht graben und haben auch gegen keinerlei Abkommen Verstoßen".

„Genial", Michael klopfte Lorenzo anerkennend auf die Schulter.

Er nahm sein Handy raus und wählte. Michael gab Dan Bescheid das sie etwas gefunden hätten, aber noch bestimmen müssten ob es was verwertbares sei. Sie verabredeten, das die drei noch einen weiteren Tag auf der Insel bleiben würden. Vorräte waren genug da und Dan hatte auch nichts dagegen.

„Erledigt", sagte Michael nachdem er aufgelegt hatte.

„Alles klar", Maria sah sich um. Wo finden wir jetzt den Nebenschacht?"

Michael schaute sich ebenfalls um. „Lorenzo? Kann ich nochmal Dein Tablet haben?" Lorenzo nickte und holte es aus seinem Rucksack. Michael rief erneut die Insel auf. „Ok, wir sind hier", er deutete auf die Stelle der Insel wo sie standen. Michael holte sein Handy raus und rief die Darstellung der Anlage auf. „Also wie ihr seht ist der Nebenschacht so angeordnet das die Flutungstunnel auf der anderen Seite liegen. Neben wir einmal an, dass die Tunnel auf der Seite liegen wo die kürzeste Verbindung zum Wasser ist, dann…", er sah auf das Tablet. Dann drehte er sich um die eigene Achse und blieb abrupt stehen. „Diese Richtung muss der Schacht liegen", sagte Michael und deutete in eine Richtung.

Lorenzo sah auf das Tablet und nickte.

Maria schaute in das vor ihnen liegende Unterholz. „Sie waren klug".

Michael sah sie an. „Was meinst Du?"

„Nun, wie auch auf Oak Island, haben sie die größte Baustelle auf der vom Festland abgewandten Seite errichtet".

Michael staunte, das war im noch gar nicht aufgefallen.

„Stimmt. Immer so das vom Festland diese Aktivität nicht zu sehen war. Klasse Maria." Er blickte sie stolz an.

„Die aktive Feldforschung scheint dir zu liegen", er grinste.

„Danke Schatz", sie gab ihm einen Kuss auf die Wange.

„Nun kommt ihr Turteltauben", Lorenzo wurde ungeduldig. „Wir haben nicht mehr lange Zeit".

Er hatte Recht, es war schon später Nachmittag und das verbleibende Tageslicht sollten sie nutzen.

Sie gingen in drei Richtungen auf die Suche. Es stellte sich schwieriger heraus als gedacht. Im Laufe der Jahrhunderte war am

Boden ein Dickicht aus Pflanzen und Erde entstanden. Viele natürliche Stolperfallen galt es zu beachten.

„So weit weg kann es nicht sein", rief Michael den anderen zu.

„Wie meinst Du das?" Maria kämpfte sich durch Äste und Schlingpflanzen.

„Na denk an die Zeichnung. Der Nebenschacht auf der anderen Seite war nicht so weit weg".

Maria nickte.

Zwei weitere Stunden waren vergangen. Langsam fing es an zu dämmern. Maria fühlte sich ausgelaugt. Sie hatte sich auf einen Stein gesetzt. Die anderen waren zu ihr gegangen.

„Wir sollten es für heute dabei belassen", sagte Lorenzo.

„Seh ich auch so", stimmte Michael zu.

„Aber wir haben noch Licht", warf Maria ein.

Michael sah sie besorgt an. „Richtig. Aber so fertig wie du bist, sollten wir uns ausruhen und morgen weiter machen. Ich denke das ist das be.... Moment Mal. Steh auf!" Das Letzte hatte er fast geschrien. Maria war so erschrocken das sie aufsprang.

„WAS?", schrie sie. Michael starrte wie gebannt auf den Stein und zeigte mit dem Finger auf ihn.

„Dort seht ihr das auch?", hauchte er.

Sie starrten alle auf den knapp einen Meter hohen Stein. Kurz über dem Boden waren im fahlen Licht des untergehenden Tages Spuren am Stein zu erkennen.

„Da ist etwas", flüsterte Lorenzo. „Aber ich kann nicht genau erkennen was es ist".

Michael nahm erneut seine Wasserflasche heraus.

„Mal sehen", murmelte er, als er anfing das Wasser über den Stein laufen zu lassen. Jetzt sahen es die drei deutlich. Es war ein Zeichen. „Was für ein Zeichen ist das?" Maria beugte sich vor.

Es sah aus wie ein Gesicht. Nein, es waren drei Gesichter in einem.

Lorenzo war ratlos. „Was in aller Welt soll das jetzt sein?"

„Baphomet", zischte Michael. Die beiden anderen sahen ihn fragend an.

Michael setzte sich auf den Waldboden.

„Also Baphomet war angeblich ein Götze den die Templer anbeteten. So der Vorwurf der Kirche damals. Aber, er war weit mehr. Er stand bei den Templern für Erkenntnis, für das Verstehen. Er bedeutete nicht mehr und weniger als ein Zeichen derjenigen die eingeweiht waren und erkannt hatten."

Michael holte Luft. „man sieht ihn meist an Orten, an denen die wichtigen Personen der Templer lebten".

Maria und Lorenzo starrten auf den Stein mit der verwitterten Zeichnung. „Also ist das ein Zeichen was auf den Nebenschacht hindeutet?" Michael wippte mit dem Kopf. „Alles kann, nix muss", grinste er. „Aber das Zeichen lässt mich kaum zweifeln. Lasst uns zurück gehen und morgen frisch und mit neuem Mut hier die Suche starten. Sie setzten Markierungen um den Stein am nächsten Tag wieder zu finden.

Am nächsten Morgen saßen die drei schon früh am Feuer. Sie hatten sich erst einmal Kaffee gemacht und waren voller Tatendrang. Sie hatten in der Nacht kaum ein Auge zugemacht. Zu aufregend war das was ihnen bevorstand.
Michael hatte sich vorgestellt, wie es für die Männer war, die diese Anlage gebaut hatten. Sie hatten bestimmt auch die eine oder andere Nacht auf der Insel verbracht. So lag er im Freien und sah sich die Sterne an, die vermutlich vor 600Jahren auch schon die anderen betrachtet hatten.
„So, heute ist der Tag. Wenn alles gut verläuft dann wird das der letzte Tag hier und wir haben das, was andere so aufwendig versteckt haben in den Händen. Aber vor allem, haben wir auch noch etwas. Na wenn der Stein hier auf das Versteck des heiligsten

der Templer weißt. Dann wissen wir auch wo wir etwas auf Oak Island finden."

„Stimmt", rief Maria.

„Ja und wenn alles gefunden wurde,dann geht alles wieder normal weiter", Maria lächelte gequält. Das war der Punkt vor dem sie sich am meisten fürchtete. Was passiert wenn alles vorbei ist? Die Frage hatte sie sich so oft gestellt.

„Da reden wir noch drüber", Michael zwinkerte ihr zu. Ihr Herz machte vor Freude einen Hüpfer. Sollte Michael auch so denken?

Lorenzo trank den Becher leer. „Also dann, Freunde". Er stand auf.

Ohne Schwierigkeiten fanden sie den Stein wieder.

Sie beschlossen erst einmal vor dem Stein, also vor der Zeichnung anzufangen. Sie befreiten den Boden erst einmal von Sträucher, Ästen und Gräsern. Dann fingen sie mit den Spitzhacken an den Boden zu lockern. Abschließend hoben sie die lockere Erde mit den Schaufeln aus.

Knapp zwei Stunden hatten sie schon gegraben. Sie waren gut anderthalb Meter tief gekommen. Was Michael Mut gab, war die Tatsache, dass sie kaum auf Steine gestoßen waren. Das konnte bedeuten das sie im Aushub gruben, der zur Tarnung über den Eingang gelegt wurde.

<<KLOCK>>

Lorenzo hielt inne. Er hatte mit der Spitzhacke etwas im Boden getroffen.

Michael und Maria hielten ebenfalls inne.

Sie gruben vorsichtig mit den Schaufel weiter und eine Stunde später hatten sie eine Holzplatte freigelegt. Die jeweiligen Kantenlängen betrugen fast anderthalb Meter. Sie war mit etwas eingeschmiert worden. Michael fuhr mit dem Finger darüber und roch. „Schiffs Teer", er rümpfte die Nase. „Hier wurde etwas versiegelt. Es sollte jeglichen Umwelteinflüssen standhalten.

An einer Seite kamen zwei verrostete Griffe zum Vorschein.

Die drei jubelten und umtanzten die Platte.

„Wir haben es", rief Michael. „

„Oh ja, wir haben es wirklich gefunden", jubelte Lorenzo.

Maria hüpfte unaufhörlich weiter, bis sie keuchend zum Halten kam.

„Wir drei haben das gefunden, was vielen in Jahrhunderten nicht möglich war", keuchte sie feierlich.

„Dann lasst uns mal sehen, was da drunter ist", sagte Michael.

Er und Lorenzo versuchten vorsichtig an den korrodierten Griffen zu ziehen. Sie hatten ebenfalls die Kanten der Platte freigelegt. Dennoch brauchten sie einiges an Kraft. Mit vereinten Kräften und zwei Seilen die sie um die Verankerung der Griffe banden, löste sich mit einem lauten Schmatzen die Platte vom Boden. Sie klappten die schwere Eichenplatte nach hinten und standen vor einem dunklen Loch was in die Tiefe führt.

Kapitel 15 - Auftrag ausgeführt

Henry war in den letzten zwei Jahren ständig zwischen den beiden Inseln hin und her gesegelt. Beide Anlagen hatten einen guten Fortschritt gemacht und so war Henry mehr als zufrieden. Mit den Einheimischen an beiden Orten hatte sich über die Zeit eine Freundschaft entwickelt. Adahy hatte ihm die Sprache der Mi'kmaq versucht beizubringen. Ein Unterfangen, was sich als schwer erweisen sollte. Henry merkte das er im Alter nicht so schnell und lernfähig war, wie zu der Zeit als Darius ihm Sprachen beibrachte.

Aber es reichte um sich einigermaßen zu verständigen.

Die Arbeiten waren perfekt verlaufen. Im Laufe der Zeit wurden aus den zwei Inseln vor der Küste, eine. Man konnte kaum noch erkennen, das sie einmal getrennt waren.

Sie hatten den Frachtraum eines Schiffes in versiegelt und mit Steinen ausgelegt bevor sie die Schiffe zwischen den Inseln versenkten. Die Fracht war im Schiffsbauch geblieben und würde dort auf ewig unentdeckt bleiben. Sollte ihnen jemand auf der Spur sein, würde der Schacht zur Ablenkung diese Person reichlich aufhalten.

Alle drei Meter wurden aus den Schiffen entwendete Eichenplanken denjenigen dazu bewegen weiter zu graben. Auch kleine Funde sollte die Person animieren die Suche fortzusetzen. Auf einer der untersten die noch erreichbar war, hatte Henry den Einfall eine von den Einheimischen gravierte Steinplatte zu legen. Bis jemand herausgefunden hatte, das dort lediglich Grußworte standen, müsste das Sicherheitssystem schon alle Bemühungen zunichte gemacht haben. Von der nahe liegenden Küste hatte man Tunnel in den Boden getrieben die ab einer gewissen Tiefe den Schacht fluten sollten. Eine raffinierte Vorrichtung die im Kloster in Frankreich entstanden war. Nur die Gruppe um Henry wusste wie die Anlage aufgebaut war und ebenso, wo das Artefakt wirklich lag. Sollte es jemals von dem Orden benötigt werden, hatte Henry vor einem Jahr angefangen auf dieser Insel Eichen zu pflanzen. So konnte man dies Insel schnell aus den anderen herausfinden. Denn diesen Baum gab es hier nicht.

Auch auf der anderen Insel, wurde Henry informiert waren die Arbeiten in der Endphase. Der Hauptschacht war genauso wie hier aufgebaut. Allerdings befand sich die Kammer unter einem Nebengang und war so entworfen worden, dass das zweite und größere Artefakt nicht hindurch passte. Aber man konnte es ohne Probleme erreichen. Auf der zweiten Insel hatte Henry bestimmt, sollte als Wegweiser eine einzelne Eiche gepflanzt werden.

"Du hast mich rufen lassen?" Georg trat heran.
"Ah gut, ja ich habe einen Auftrag für dich", antwortete Henry.
Sie waren am Strand und wie jeden Abend flackerten die Lagerfeuer entlang der Küste. Einige suchten ihr Seelenheil in den Armen der Einheimischen Frauen. Auch Kinder waren hier schon geboren worden aus solchen Verbindungen. Henry ließ sie gewähren. Sie hatten für diese Aufgabe so viel aufgegeben und sollten sich wenigstens vergnügen können.
Er hielt Georg ein Schreiben hin. "Du wirst Heim segeln, mein Freund. Das ist wichtig".
Er sah Georg verschwörerisch an.
"Du kennst die Brücke zur Burg von Rosslyn?"
Georg nickte.
"Also am Fuß der Stempel der Brücke wirst du diese Dokumente in Leder eingehüllt einmauern. Sie sollen, wer sie findet den Hinweis geben um die Artefakte zu finden".

"Aber Herr", versuchte Georg zu protestieren. "Was, wenn es die falschen finden?"

"Guter Hinweis", Henry sah Georg bewundernd an. "Ich habe Hinweise verstreut, wer sie hat der findet das hier. Aber dafür muss er Wissen besitzen. Ich habe darauf geachtet das nur der, der eingeweiht ist, die Hinweise deuten kann und selbst dann werden sie nicht eindeutig sein. Aber wir müssen sicherstellen, gerade nach 1314, das die Artefakte nicht völlig unerreichbar sind. Wirst Du das für mich machen, mein Bruder?"

Georg nickte. "Aber was wird mit Dir? Warum kannst Du den Hinweis nicht dorthin bringen?"

Henry lächelte. "Ich möchte mehr über die neue Welt erfahren, mein Freund. Außerdem möchte ich, dass wir hier das vorgelagerte Festland so sichern, das hier in der nächsten Zeit keiner das entdeckt. Bis die Zeit alle Spuren unseres Handeln verdeckt hat, wird es dauern und ich möchte erfahren was hier noch alles zu entdecken ist. Wenn Du Deinen Auftrag ausgeführt hat, komm wieder und treffe mich. Ich werde Dir Hinweise an der Küste hinterlassen"

Georg verstand. "Ich verspreche Dir, das ich Dein Anliegen zu Deiner Zufriedenheit

erfüllen werde. Ebenso verspreche ich, das ich zu Dir zurück kehren werde, Bruder".
"Ich weiß, mein Freund, ich weiß", antwortete Henry.

Die Vorbereitungen zum Aufbruch sollten noch Wochen dauern. Einige wollten die neue Welt mit Henry erkunden. Andere wollten hier bei den Einheimischen bleiben und der Rest würde auf die verbliebenen Schiffe gebracht werden.
Es war ein langer und trauriger Abschied. Sie wussten das sie sich in diesem Leben nicht mehr sehen würden und so zog sich der Abschied hin. Viele Freundschaften waren in der langen Zeit entstanden und wurden jetzt getrennt.
Auch die ein oder andere Träne wurde vergossen. Die Einheimischen hatten sich zum Abschied ebenfalls am Strand eingefunden.

Ein Schiff würde nach Süden fahren. Auf diesem Stand Henry und winkte schweren Herzens den neuen Freunden zu.
Er würde sie nie wiedersehen.
Aber bei Ihnen würde, er der übers Meer kam, als Legende die Zeit überdauern.

Kapitel 16 - Am Ende steht ein Anfang

An der Wand des Schachtes, sahen sie eine alte und brüchige Leiter die in der Dunkelheit verschwand.

„Wie tief mag das sein?" Fragte Lorenzo. Michael zuckte mit den Schultern, Er nahm eine Schaufel und warf sie in das Loch, noch bevor Maria ihn aufhalten konnte. Kurze Zeit später hörten sie die Schaufel in der Tiefe aufschlagen.

„Klingt nach vielleicht zehn Metern", sagte Michael.

Sie nahmen das Seil und machten alle zwei Metern einen Knoten zum Festhalten. Dann banden sie das Seil an einen dicken Ast der Eiche und ließen das andere Ende in das Loch fallen.

Michael sah die beiden an. In seinen Augen lag ein fiebriger Glanz. Jetzt hatte ihn das Jagdfieber endgültig gepackt.

„Wartet". Lorenzo sah sich um. „Wir sollten es so machen das einer draußen bleibt. Das mache ich. Falls euch etwas passiert müssen wir die Möglichkeit haben, Hilfe zu holen."

„Klingt vernünftig", sagte Michael. „Bist Du Dir sicher, dass Du hier oben bleiben willst?"

Lorenzo nickte. „Abgesehen von meiner Klaustrophobie, würde ich es vorziehen im Tageslicht zu bleiben."

Sie hatten von Brian auch Taschenlampen bekommen, die sie jetzt wunderbar gebrauchen konnten.

Michael band sich ein anderes Seil um Hüfte. Das Ende nahm Lorenzo in die Hand. Sie vereinbarten das Michael mehrmals am Seil ziehen würde, wenn etwas sein sollte.

Michael ging vor. Die kleine aber kräftige Stabtaschenlampe nahm er zwischen die Zähne und schnappte sich das Seil.

Ermutigend zwinkerte er den beiden anderen zu bevor er mit dem Abstieg begann.

Dunkelheit. Im Licht der kleinen Taschenlampe sah Michael nur die lehmigen Wände.

Sie hatten verabredet dass Maria warten würde bis Michael den Abstieg beendet hatte.

Michaels Füße berührten den Boden des Schachtes. Die Erde war weich.

Ist wahrscheinlich ne Menge in den Jahrhunderten runtergekommen, dachte Michael.

Er ließ den Strahl der Stablampe die Wände abtasten.

Michael zog mehrmals am Seil das er um die Hüften hatte. Das Seil wurde hochgezogen.

Als Michael hoch schaute, sah er das helle Quadrat des Einstiegs. Maria machte sich daran, herunter zukommen.

Er sah sich um. Hinter ihm begann ein Gang. Michael leuchtete mit der Lampe in den Gang.

Nach ein paar Metern, versperrte eine Holzwand den Durchgang. Michael beschloss auf Maria zu warten.

Nachdem Maria ankam, gab sie Michael einen Kuss. "Dann wollen wir mal", sagte sie.

"Man ist das eng hier. Der ist aber niedrig", Maria zeigte auf den Tunnel.

Michael lächelte. "Bedenke, das die Menschen vor Jahrhunderten um einiges kleiner waren".

"Stimmt, na dann gehen wir geduckt". Sie hatte ebenfalls das Jagdfieber gepackt.

Sie gingen gebückt bis zur Holzplatte. Der Tunnel war so eng das sie hintereinander gehen mussten. Michael pfiff leise. Er drehte sich zu Maria um. "Das ist eine Tür und sie sieht noch sehr gut aus für ihr Alter."

Maria sah an Michael vorbei. Er hatte Recht. Selbst der geschmiedete Griff war noch intakt. Nicht so wie oben bei der Luke. Sie schob ihn neckisch an. "Na dann schau ob sie aufgeht."

Michael drückte und zog, aber die Tür bewegte sich kaum. "Wir werden sie losrütteln müssen", murmelte er. Er wechselte schnell zwischen drücken und ziehen um die Tür frei zu bekommen. Es dauerte aber er merkte das die Tür mehr Spiel bekam.

Es dauerte aber letztendlich konnten sie die Tür komplett aufziehen. Dahinter ging der Gang noch knapp zwei Meter weiter um dann in eine größere Höhle überzugehen.

Sie standen an der Kante zur Höhle.

Sprachlos und überrascht sahen sie in die Höhle. Kein Schatz. Keine Reichtümer.

Auf dem Boden lagen wie über eine Halbkugel gespannt drei oder vier Mäntel. Ursprünglich waren sie wohl weiß gewesen. Aufgrund der Zeit und im Licht der Lampen sahen sie grau aus. Aber man konnte das Kreuz der Templer noch erkennen.

Aber was bedeckten die Mäntel? Michael trat heran und zog einen Mantel herunter. Sie waren zusammengebunden und so rutschen alle Mäntel bei dem Versuch herunter.

Sie schauten ungläubig auf das was die Mäntel freigeben hatten.

Eine Halbkugel aus Metall. Der Durchmesser war bestimmt zweieinhalb Meter und die Höhe, sollte sie nicht noch tief in die Erde gehen, lag bei ungefähr eineinhalb Meter. Zeichen die Michael noch nie gesehen hatte.

Ob es eine Schrift oder etwas anderes sein könnte, konnte Michael hier im Dunkel nicht zuordnen. Er Trat heran und versuchte die Halbkugel anzuheben. Sie musste unglaublich schwer sein. So wunderte sich Michael als er sie ohne Mühe anheben konnte. Unter der Halbkugel sah Michael eine Holzkiste mit schweren Beschlägen. "Kannst Du mal schauen was dort drin ist?" Maria nickte und huschte unter die Kugel. "Kannst Du das Ding denn solange halten?" Sie wollte nicht unter der Halbkugel begraben werden. "Kein Problem, das Ding wiegt so gut wie nichts", Michael lächelte aufmunternd.

Maria hob den Deckel der Kiste an. "Dokumente", rief sie. "Jede Menge Dokumente und...Moment....Hier", sie hielt etwas hoch, nahm noch etwas raus und kam zurück.

Michael hatte die Halbkugel abgelassen und sah sich an was Maria mitgebracht hatte.

Das Eine erkannte Michael sofort. Es war die Darstellung Baphomets aus Stein. Er Hielt den kleinen Steingötzen ins Licht der Lampe. Kein Zweifel, das war er. Das zweite war ein Ring aus Gold. Mit den Insignien der Templer versehen, zeigte der Ring, wer hier am Werk war. Michael sah zum Tunnel herüber. "Das passt im Leben nicht dadurch", er ließ die Schultern sinken.

Sie mussten sich etwas überlegen um die Halbkugel heraus zubekommen. Sie vereinbarten erst einmal alles hier zu lassen. Hier waren die Funde sicher. So begannen sie das Seil hoch zu klettern.

Michael erstarrte in der Bewegung. Er war am Rand angekommen und sah als er sich herauszog
– Amado - !
Dieser grinste Michael an. "Hallo Michael, so sieht man sich wieder". In seiner Hand lag ein Pistole. Die Mündung zeigte auf Michaels Brust.
Etwas abseits sah Michael Lorenzo komisch verrenkt auf dem Boden liegen. Seine Augen blickte leer in ihre Richtung. "Was hast du getan?" Keuchte er.
"Ich?" Unschuldig sah Amado, Michael an. "Ich habe gar nichts getan. Es war wohl eher mein Begleiter." Er zeigte auf Vito der ebenfalls eine Waffe in der Hand hielt. Diese zeigte auf, Dan. Michael verstand die Welt nicht mehr. Was machte Dan hier?
Amado lächelte siegessicher. "Ich danke Dir dass Du es gefunden hast. Die Unterlagen hatten uns den Hinweis gegeben, aber Du mein Freund, Du hast es gefunden".
"Freund wohl eher kaum", knurrte Michael. "Außerdem, was habe ich gefunden? Wenn

Du einen Schatz suchst wirst du wohl enttäuscht sein".

Amado winkte ab. "Ich suche keinen Schatz aus Gold und Silber, Michael. Was hier liegt ist viel wichtiger und die Auswirkungen die das haben wird, kannst Du Dir im geringsten nicht vorstellen".

"Na, was habe ich denn gefunden? Denn ganz ehrlich, habe ich keine Ahnung was da unten liegt".

Amado lachte hämisch.

"Du hast keine Ahnung? Das ich das erleben darf. Aber ich klär dich gerne auf. Das da unten, Michael, das ist der heilige Gral."

Michael sah Amado an, ungläubig das Amado das wirklich gesagt hat.

"Der heilige Gral? Also wenn das ein Trinkbecher ist, dann wohl eher der von Goliath oder Rübezahl. Nein Amado, das da unten ist bestimmt nicht der Gral aus der Legende".

"Michael, Michael", Amado schüttelte den Kopf. "Ich hatte angenommen dass gerade Du, nicht die Trinkbecher Legende glauben würdest. Der Gral war immer schon der Hinweis auf ein Gefäß. Niemals wurde der Gral als Becher in den ursprünglichen Überlieferungen angegeben."

Michael nickte. "Das stimmt. Aber was für ein Gefäß soll das bitte sein und aus was ist sie gemacht? Bei der Größe müsste das

Ungetüm Tonnen wiegen, aber ich konnte das mit einer Hand anheben".

Amados Augen leuchteten auf. "Du hast es gesehen? Ich muss da runter".

Er rief Vito zu sich und gab ihm den Auftrag die drei in Schach zu halten.

Dann verschwand er im Schacht.

Michael drehte sich zu Dan um.

"Es tut mir so leid, Dan".

Dan sah Michael an. Vito hatte ihn wohl mit den Fäusten überredet. Michael sah das auf der linken Gesichtshälfte ein schickes Veilchen prangte.

Dan zuckte mit den Schultern. "Na ihr könnt ja nichts dafür. Sie wären früher oder später eh vorbei gekommen". Michael nickte.

"Was habt ihr denn nun entdeckt?"

Michael erzählte ihm alles was er auch wusste.

Dan sah ihn fragend an.

"Und was genau ist das?" Michael schaute ihn hilflos an. "Wenn ich das wüsste".

Nach mehr als einer halben Stunde kam Amado wieder rauf.

Michael fiel auf, das Amado sichtlich beeindruckt war.

"Sie ist es. Wir haben DEN Beweis gefunden".

"Sie ist was und von was für einem Beweis redest Du?", fuhr Michael ihn an.

Amado genoss seinen Triumph. "Ach Michael, so gut bisher und nun so ahnungslos. Das da unten ist nichts anderes als ein Teil der Mana Maschine. Was Du wüsstest wenn Du die Dokumente gelesen hättest".

"Der Mana Maschine?" Michael konnte das kaum verarbeiten.

Michael hatte schon davon gehört. Demnach sollen die Israeliten die vierzig Jahre durch die Wüste irrten, jeden Morgen göttliches Mana erhalten haben. Der Theorie zufolge, war hierfür eine Maschine verantwortlich, die durch eine Art Verarbeitung das sogenannte Mana eine Eiweiß und Protein getränkte Nahrung, aus Algen gewann.

Da die Menschheit zu dieser Zeit nicht in der Lage gewesen wären, so eine Konstruktion zu entwickeln und zum Laufen zu bringen, brachten gerade Kreise der Präastronautiker, die Mana Maschine mit Besuchern von anderen Planeten in Verbindung.

Michael erkannte, was dies zu bedeuten hatte. Wenn sich diese Halbkugel als nicht von dieser Welt kommend herausstellen würde, so würde dies die Religion in Frage stellen, ebenso wäre das der Beweis, dass es andere besiedelte Planeten gab und somit Außerirdische Völker. Und genau diese hatten die Menschen vor Urzeiten besucht. Er dachte an das Fluggerät aus dem

Evangelium des Hesekiel. Darüber hatte er einmal einen Bericht im Fernsehen gesehen. Das wäre bahnbrechend. Die Welt würde nie wieder dieselbe sein.

Adamo sah, das Michael langsam begriff. "Ja, Michael. Das stellt alles in Frage und die Welt wird neu ausgerichtet".

"Aber wo ist der Rest der Maschine?" Michael sah ihn fragend an.

"Wen kümmerts", rief Adamo. "Das eine Teil reicht als Beweis, dass wir nicht allein sind und stellt die Frage, gibt es Gott tatsächlich auf einen ganz neuen Prüfstand. Wir wissen das der Energieträger, Dir bekannt als Bundeslade, auf Oak Island versteckt wurde. Mich würde wundern, wenn da irgendwas die Versuche ranzukommen überlebt hätte. Aber hier haben wir die Anlage in unberührter Form, so dass Du ohne Probleme herankommen konntest."

"Ja und jetzt? Was hast Du vor?" Michael ahnte wohin das hier ging.

Adamo lachte. "Also den Kapitän des Schiffes werden wir noch brauchen. Aber", er zeigte auf Michael und Maria. ". Was mich viel mehr interessiert. Ich habe euch die Dokumente in Schottland abgenommen bevor ihr sie hättet lesen können. Wie habt Ihr das geschafft?"

Michael lächelte müde. Er hielt die Hände vors Gesicht, als würde er eine Kamera halten. „Klick klick", sagte er und klopfte an seinen Kopf.

Adamo verstand. "Fotografisches Gedächtnis". Er lachte laut. „Also das muss man Euch lassen. Ihr überrascht einen immer wieder. Aber jetzt brauch ich Euch wirklich nicht mehr und das Risiko das Ihr etwas erzählen könnt, ist mir zu groß." Er hob langsam die Waffe.

Das saß. Jetzt wusste Michael wie das laufen würde.

Adamo kostete seinen Sieg noch etwas aus. "Weißt Du Michael, ich mag Dich. Wirklich. Du bist klug und weißt immer wie….", Adamo wurde völlig überrascht. Michael und Dan hatten sich mit den Augen Zeichen gegeben ihre beiden Gegner zu überrumpeln. Gleichzeitig sprangen sie die beiden an. Dan erwischte Vito völlig unvorbereitet. Dieser fiel lang hin und es gab ein hässliches Geräusch als er mit dem Kopf auf den Stein mit dem Gesicht des Baphomet aufschlug. Still blieb er liegen.

Michael hatte Adamo angesprungen. Dieser hatte die Waffe fallen gelassen und verschwand wild mit den Armen rudernd und schreiend im Schacht. Sie hörten wie der Körper unten aufschlug und danach war nur noch Stille.

Michael rannte zu Maria. Sie war unverletzt. Die Anspannung fiel ab und Maria zitterte am ganzen Körper. Michael setzte sich zu ihr und legte seinen Arm um sie. Dan kam herüber und setzte sich zu ihnen. Schweigend gaben sich Michael und Dan die Hand.

"Und was jetzt?" Marias Stimme zitterte noch wenig, aber sie hatte sich wieder gefangen.

"Ich habe keine Ahnung", gab Michael zu.

Etwas später saßen sie am Gebäude wo sie noch ihre Sachen hatten. Michael war nochmal in die Höhle gegangen. Er musste einigen Mut aufnehmen um sich am Körper von Adamo vorbei zu zwängen. Er holte die Mäntel aus der Höhle und deckte damit Adamo und Lorenzos Körper ab.

Vito wurde ebenfalls zugedeckt. Er hatte sich bei dem Sturz den Schädel eingeschlagen.

Na, wenigstens haben wir keinen ermordet. Ein blöder Sturz und ein dummer Fehltritt. Das konnte man ihnen nicht anhängen, dachte Michael.

Nun saßen sie am Feuer, aßen und diskutierten die aktuelle Lage.

Michael sah Dan an. "Es ist Deine Insel. Was meinst Du?"

Dan schüttelte den Kopf. "Na die Insel gehört mir, das ist richtig. Aber das was da unten liegt, wenn dieser Typ recht hat, gehört der Menschheit."

Michael nickte zustimmend, aber er warf dennoch ein, "Aber es ist auch gefährlich. Was ist mit den Religionen? Was werden die Menschen mit dem Wissen, das es dort draußen noch andere gibt, anstellen?"

Maria sah aufs Meer hinaus.

"Eine große Verantwortung, diese Entscheidung". Die beiden nickten.

Breaking News

Sensationelle Entdeckung:

Der heilige Gral gefunden! Die Bundeslade womöglich zerstört! Leben im All bewiesen!

Die Nachrichten überschlugen sich. Weltweit waren die Zeitungen voll von dem Fund. Im Fernsehen waren jetzt rund um die Uhr Dokus, Talkshows und Expertenrunden zu sehen. Das Radio berichtete laufend über die Geschehnisse.

In Rom wurde das Hauptquartier der Nachfolger der Templer ausgehoben. Sie wurden als kriminelle Vereinigung eingestuft und so gingen alle die man greifen konnte direkt in Untersuchungshaft.

Michael hatte als erstes Alessio angerufen, nachdem er mit Maria und Dan eine Entscheidung getroffen hatte.

Alessio hatte schweigend zugehört. Schmerzlich wurde die Stelle als er von Lorenzos Tod hörte. Er war nicht nur sein Gönner gewesen. Er hatte viel für den jungen und zu verlässlichen Mann übrig gehabt. Als Michael geendet hatte, schwiegen beide.

Alessio sprach als erster. "Ich kann es gut verstehen, Michael. Ich verstehe ebenso, warum sie die Entscheidung getroffen haben, den Fund der Menschheit zu übergeben. Aber gestatten sie mir, das ich sie um einen Gefallen bitten darf." Michael stimmt sofort zu. Etwas in der Art hatte er erwartet. So war es nicht verwunderlich, das Alessio ihn um ein paar Tage Zeit bat.

So hatten sie zuerst die Polizei vor Ort informiert. Sie erzählten der Polizei alles was notwendig war. die Mäntel hatte Michael kurz vor dem Eintreffen entfernt und in der Höhle verstaut. Danach schloss er die Tür und verkeilte diese.

Dan sorgte als Eigentümer dafür, das die Polizei sich nicht zu sehr für die Tür interessierte. Nach dem Abtransport der Leichen, schlossen sie den Schacht und bedeckten die Platte.

Dan brachte sie zum Festland und sie besprachen im Mama Jean's einem gemütlichen Lokal mit regionalen Gerichten, wie es nun weitergehen sollte.

Eine Woche hatte Michael, Alessio eingeräumt, bevor sie an die Öffentlichkeit gehen würden.

Dieser nutzte die Zeit um mit weiteren Anhängern der Kirche sich auf diesen Moment vorzubereiten.

"Was wird, wenn es für die Menschen Gott nicht mehr gibt?, hatte er Michael gefragt.

"Naja, warum sollte es Gott nicht mehr geben?", hatte Michael geantwortet. "Irgendwoher müssen die anderen ja auch kommen. Das wir nur nicht wussten das wir Nachbarn haben, heißt ja nicht das es keinen Gott gibt. Es bedeutet lediglich das Gott mehr erschaffen hat, als wir dachten".

Alessio war beeindruckt. "Danke Michael, ich danke ihnen wirklich. Sie haben mich auf einen Weg zurück gebracht, den ich verlassen hatte".

Michael versicherte Alessio das es nie ihre Absicht wäre, das mit dem Fund der Glaube ausgelöscht werden sollte. Er sollte lediglich den Menschen zeigen, das sie nicht allein sind und ebenfalls soll er zeigen das die Religion sehr wohl bestand haben soll in dieser Welt.

So trug es Alessio auch den anderen vor und die Kirche bereitete sich auf die neue Zeit vor.

auch für Michael wurde es der Beginn einer neuen Zeit. Er und Maria hatten beschlossen zusammenzubleiben. Maria kündigte ihre Stelle. Sie und Michael wollten sich in Spanien niederlassen. Michael hatte über seine Universität eine Stelle in Lissabon angeboten bekommen und lehrte dort, die Geschichte, Religionen und die Erstehung und den Werdegang von Gottheiten.

Die Inseln Oak Island und Owls Head Island, wurden von der Regierung beschlagnahmt und jegliche Arbeiten eingestellt. Michael flog oft als Berater der spanischen Regierung zu neuen Fundorten. Etliche wurden in den Dokumenten, die in der Kiste unter der Halbkugel lagen, erwähnt.

Die ursprüngliche Bruderschaft der *Armen Ritterschaft Christi und des salomonischen Tempels zu Jerusalem*, die Templer, wurden seitens Rom von allen Anklagepunkte freigesprochen und rehabilitiert. Ebenso rief die Kirche den Orden neu ins Leben. Dieser hörte nun aud den Namen, der neuen und offiziell anerkannten Bruderschaft der Armen Ritterschaft und Wächter der Güter des salomonischen Tempels zu Jerusalem.

Die Kirche ernannte auch den ersten Großmeister und nahm die ersten Brüder auf, bis der Orden selber laufen würde.

"Michael?"

Michael drehte sich um.

Maria kam strahlend auf ihn zu. Sie schmiegte sich an ihn. "Alles erledigt Liebling. Ich habe die Stelle in Lissabon. Wir können uns täglich sehen."

Michael lächelte liebevoll. "Das ist wunderbar, mein Schatz".

Er schaute an ihr vorbei. Zärtlich schob er sie ein kleines Stück zurück. "Sie sind soweit".

Maria sah sich um und sah zwei junge Männer in weißen Gewändern mit einem großen roten Kreuz auf der Brust, die erwartungsvoll im Gang standen.

Michael schritt auf sie zu und nickte schweigend zum Zeichen, das er bereit war."

Sie führten ihn in eine kleine Kirche. Sie war prachtvoll geschmückt. Überall hingen die Banner mit dem roten Kreuz auf weißem Grund. Am Altar konnte Michael einen Mann erkennen. Er trug als Zeichen, ein rotes Gewand mit dem Kreuz in Weiß.

Dieser drehte sich in diesem Moment um.

"Michael ich heiße Dich willkommen."

Alessio breitete die Arme aus.

Michael war abrupt stehen geblieben.

Alessio war den erste Großmeister? Ein genialer Schachzug, musste Michael zugeben.

"Alessio, ich freue mich Dich endlich persönlich zu treffen."

"Dem kann ich nur zustimmen. Was Du, verzeih, Ihr für die Menschheit und die Kirche gemacht habt, kann man nicht genug im Dank ausdrücken. Aber wenigstens eins kann ich machen".

Er hielt eine Kette hoch. An ihr hing ein Medaillon. Auf dem Medaillon waren die Zeichen der Alten und der Neuen Bruderschaft.

"Dr. Michael Shane? Hiermit und im Rahmen meiner Position als erster Großmeister, ernenne ich Dich zum Ehrenmitglied und ewiger Freund des Ordens".

Michael wahr sprachlos, aber nahm demütig die Ehrung an. Maria stand mittlerweile in der Kirche und betrachtete ehrfürchtig die Szene. Michael dankte Alessio und sie verbrachten das Mittagessen zusammen. Später schlenderten er und Maria durch die Straßen Roms. Der Orden war in direkter Nähe zum Vatikan angesiedelt worden um die Verbindung der Beiden zu verdeutlichen.

"Also?", fragte Maria.

"Also was?", Michael blieb stehen und sah sie an.

"Na, also was jetzt?"

Ein Junge rannte vorbei. Auf dem T-Shirt stand:

Gott kann mehr als nur Mensch!

Michael grinste. Es war beruhigend das die Menschen gut mit der Sache umgingen.

Er drehte sich wieder Maria zu. Sie sah in abwartend an.

"Jetzt, Schatz", er zog sie eng an sich. "Jetzt verlassen wir die alte und staubige Vergangenheit und gehen in die Zukunft. Einverstanden Mrs. Dr. Michael Shane?"

"Oh ja", hauchte Maria.

Kapitel 17 - Nova Scotia 1795 a.D.

Es war voll im The Fo'c'sle. Der Pub in Chester war die Adresse für junge Leute. Die drei Freunde hatten Glück gehabt und sie hatten den letzten Tisch bekommen. "Also was ist so wichtig das Du uns gerufen hast?" Anthony grinste. "Für Bier und Mädchen musst Du uns nicht zweimal rufen". Er stieß John auffordernd in die Seite.

Die drei Freunde waren, John Smith, Anthony Vaughn und Donald McInnes.

Sie lebten und arbeiteten in der Nähe von Chester.

So hatten sie sich auch kennen gelernt und bedingt durch etliche Pub Besuche in der Freizeit, wurde die Freundschaft vertieft.

In Ihrer Gruppe war Donald der, der sich immer für alte Geschichten und Legenden interessierte, John war der schweigsame und Anthony, war derjenige der versuchte alles möglich zu machen. Selbst wenn es Aussichtslos erschien.

Donald hatte sie schon zu einigen angeblich Geschichtsträchtigen Orten in der Region geschleppt. Immer hatte er ihnen erzählt wie aufregend es sei dort zu sein, wo irgendwann einmal etwas passiert war. Auch jetzt hatte diesen Glanz in den Augen.

Donald, beugte sich über den Tisch. "Ich war gestern dort. Ich war auf Oak Island". Er sprach leise. Trotz des Lärms im Pub hatten die beiden ihn gehört. "Ja und? Also ich denke da werden öfter mal welche rüber rudern." John lehnte sich zurück.

"Warum sollten sie?" Anthony sah John fragend an. "Eine unbewohnte Insel ist jetzt kein unglaublich gefragtes Ausflugsziel."

"Naja", sagte Donald. So ganz unbewohnt scheint sie nicht zu sein."

Die beiden anderen schauten auf.

"Also ich bin über die Insel geschlendert. Ich hatte frei und wollte mir die Insel in Ruhe anschauen. In einem kleinen Waldstück, war unter einer Eiche eine Vertiefung. Das ist nichts interessantes. Aber über der Vertiefung hing der Rest von einem Seil, an einem alten Flaschenzug."

Die beiden sahen ihn fragend an. "Und was genau, Donald willst Du uns damit sagen?"

Donald sah die beiden an. "Na wir rudern rüber und graben."

"Graben?" fragte John ungläubig.

"Na klar", erwiderte Donald voller Tatendrang.

Sie kannten alle die Geschichten von Piraten. In alten Zeiten sollen sie die Inseln in der Mahon Bay angesteuert haben. Also war es denkbar, das sie vielleicht auch etwas hier versteckt haben könnten.

Anthony hob das Glas. "Na dann wollen wir den Schatz mal heben", rief er. Sie lachten und tranken noch bis tief in die Nacht.

Sie verabredeten, am nächsten Tag zu der Insel zu rudern.

Eine Legende nahm ihren Lauf.